周瑟瑟
主编

中国当代诗歌年鉴

2020 卷

黄河出版传媒集团
阳光出版社

图书在版编目（CIP）数据

中国当代诗歌年鉴. 2020卷 / 周瑟瑟主编. -- 银川：阳光出版社，2022.9
ISBN 978-7-5525-6546-1

Ⅰ.①中… Ⅱ.①周… Ⅲ.①诗集－中国－当代 Ⅳ.①I227

中国版本图书馆CIP数据核字(2022)第187827号

中国当代诗歌年鉴　2020卷　　　周瑟瑟　主编

责任编辑　陈建琼　谢　瑞
封面设计　晨　皓
责任印制　岳建宁

出版发行

出　版　人	薛文斌
地　　　址	宁夏银川市北京东路139号出版大厦（750001）
网　　　址	http://www.ygchbs.com
网上书店	http://shop129132959.taobao.com
电子信箱	yangguangchubanshe@163.com
邮购电话	0951-5047283
经　　　销	全国新华书店
印刷装订	宁夏银报智能印刷科技有限公司
印刷委托书号	（宁）0024640

开　　本	710 mm×1000 mm　1/16
印　　张	21.25
字　　数	250千字
版　　次	2022年9月第1版
印　　次	2022年11月第1次印刷
书　　号	ISBN 978-7-5525-6546-1
定　　价	98.00元

版权所有　翻印必究

当代诗歌的进与退

周瑟瑟

当代诗歌面临进与退的两难处境。进的步伐似乎很快，但退的步伐从没停止。1985年，我写下了《穷人的女儿》这类少年的抒情唱诗，干净如水，朴素如草。35年过去了，我发现，一个诗人最早的吟唱决定了一生的方向。我认为干净与朴素是永恒的诗歌精神。当代诗歌的进与退主要体现在诗歌精神的巩固与后退上。

20世纪90年代，中国诗人开始了群体性的词语写作、口语写作、叙事写作。词语写作经过二十多年的演变，现在进入了休眠期。口语写作生命力强盛，直面生活的勇气构成当代诗歌精神的重要部分。叙事写作则分散与渗透到所有类型诗人的写作里，形成了当代诗歌坚实的底座。

当代诗歌是有遗产的。每一个诗人都生活在过去的诗歌的阴影下，每一个诗人的写作都是遗产式写作。我所要强调的是诗歌个体力量的形成与扩散相当重要，只要有十年的游离，就丧失了持续下去的可能，而不专注是当代诗人最大的问题与困境，是导致当代诗歌退步的主要原因。

退步式的写作，意味着所有的努力都是徒劳，很少有人抵抗得了诗歌功利化的诱惑。诗人不能构筑清净的内心，就不能有任何进步。这是铁定的事实，所有嬉闹、玩票的写作都转瞬即逝，所有倾向于追寻本质意义的写作,都将有所收获。

语言是通向诗歌心灵的唯一路径。我说过,诗人选择什么语言写作,都是天经地义的,无论是词语写作、意象写作,还是口语写作、叙事写作,都没有高下之分。也就是说,没有语言的高下,只有内心的高下。内心高下不是语言的高蹈,语言高蹈是被抛弃了的失败的写作模式,虽然现在还有大批诗人信奉并继承着这种写作模式,并且获得了平庸的荣耀。我认为这是惨不忍睹的成功学诗人的语言现状。永远不要试图唤醒成功学诗人。这不是进步,而是当代诗歌的退步。所以,我说退的步伐从没停止,这是当代诗歌的常态,并且将永远持续下去。

《中国当代诗歌年鉴》试图将诗人分成不同的类型,这当然是编选的权宜之计,但如果每位诗人愿意客观审视自己的写作史,则会认为我这种类型分法在当代诗学研究上是可行的。中国新诗一百多年的历史证明,路是这样走过来的。只是我看你的视角与你看你的视角,可能不同。

不论我把你归入何种类型的写作里,无非基于三个标准:语言、精神与形象。这三个标准在我看来决定了你是一个什么样的诗人。

语言支撑诗的精神,我认为语言的干净是首要的。干净不是指语言的表达方式,而是指诗歌语言的内在构成。干净的语言映照的是诗人的内心,句式、语气、意象决定了语言的好坏成色,决定了语言的耐久性,即是否经得起时间的打磨。

精神是诗的古老命题。诗的精神内涵包含诗人的写作题材、个人生活、现实与历史,以及诗人的价值观。没有诗歌精神的诗人肯定是废了,归根结底,如果说我们的写作有目的,唯一的目的是奔向诗歌精神。每个诗人创造的诗歌精神都不相同。如果你能通过写作建立起不同的诗歌精神,那你必定可被称为诗歌大师。

形象是语言、精神的结果,诗人的形象千差万别。有沉默的诗人必有大声喧哗的诗人,有忧郁的诗人必有阳光灿烂的诗人,有清澈的诗人必有浑浊的诗人,有坚硬的诗人必有柔软的诗人。我的编选分类,多是在目之所及的层面,但我不能保证可以完全分辨伪装的诗人与假象的诗人。

如果诗人的语言、精神与形象不明确,那么他就是一个模糊与混沌的诗人。这类诗人的写作最令人头痛,写出单个好诗并不代表整体上有实力。不要做单薄的诗人,要做整体上有实力的诗人。

《中国当代诗歌年鉴》在一定程度上只是做了一个诗人写作的分类编选工作。先不管分类是否会等得到认同,但这样的编选,至少可以让读者看清当代诗歌的本来面目,并且给愿意反省的诗人一个思考的选本。

2021 年 9 月 9 日

深圳香蜜公园

目录 CONTENTS

第一辑　知识分子写作

翠鸟简史　臧棣 / 003

在快手看到巨大的章鱼　孙文波 / 005

打湿的衣服比干衣服重　柏桦 / 007

团山　树才 / 008

运河　陈东东 / 009

忆旧　桑克 / 010

秋兴　李以亮 / 011

轶事：他人　胡桑 / 012

自然之声　蔡天新 / 014

镜子前　高兴 / 015

春天的美好瞬间　王远洋 / 017

绝句　王敖 / 019

移动的枯山水　赵俊 / 020

等待出生的婴孩　依尔福 / 021

第二辑　民间写作

石狮　于坚 / 025

在科尔沁认马　李不嫁 / 026

热爱　皮旦 / 027

秋夜　太阿 / 028

借你的名字走段路　横 / 029

什么是诗　管党生 / 030

大雪夜宴　刘不伟 / 031

嘈杂　霍小智 / 032

幽。和时光铺子　郭金牛 / 033

一个巨蟹座的下午时光　张后 / 034

石龟　述一 / 035

我愿意在绿皮火车上无所事事地度过一生　林何曾 / 036

第三辑　当代先锋写作

命运　车前子 / 039

你见过一颗像小猿猴的石头吗　黄明祥 / 040

黄昏之诗　姜念光 / 041

长腿鹤　蒋一谈 / 042

手机里的大学　徐敬亚 / 044

跳水　李成恩 / 045

春灯　向明 / 047

床说　谢瑞 / 048

无题　李柳杨 / 049

雷雨　田原 / 051

我在海峡数鲸鱼　杨小滨 / 052

无题　瑠歌 / 053

为你买一头大象　里所 / 054

白月　管管 / 055

群山之间　雪迪 / 056

蛇　樊子 / 057

渐老颂　汤养宗 / 058

走夜路　剑男 / 059

面向星光　李泽慧（13岁）/ 060

我几乎忽略了眼前这条溪流
　　杨北城 / 061

暴雨骤至　向以鲜 / 062

壶水　草树 / 063

到处……
　　——给诗人李载明　骆家 / 064

菲斯卡剪刀　少况 / 065

非逻辑　茉棉 / 067

鱼乐堂　黄靠 / 068

云彩修剪师　程维 / 069

题郑板桥的画　谷未黄 / 070

画家　吴投文 / 071

两头象　吕贵品 / 072

明月山下　李海洲 / 073

把那只蝴蝶从诗句里赶出去
　　姚彬 / 075

择夜为邻　草鹤 / 076

难题　孙捷 / 077

说话　项建新 / 078

两个骑者　王国伟 / 079

红豆　千夜 / 080

八月　唐驹 / 081

手　凯岚 / 082

无题诗六十　不亦 / 083

中午18公里　卜鹿卜鹿 / 084

抱负　梵君 / 085

给蝴蝶遮雨　赵原 / 086

第四辑　人文实验写作

河口上的房间　杨炼 / 089

中立　梁晓明 / 090

暗火　何向阳 / 091

简陋　谢克强 / 092

飞过　曹宇翔 / 093

高原上的野花　北乔 / 094

螳螂　龚学敏 / 095

感应　荣荣 / 097

以模具制造簇新的世界　杨克 / 098

樱花寄语　孙晓娅 / 099

霜降　李犁 / 100

无题　纳兰 / 101

胎记　车延高 / 102

女神的礼物　安琪 / 103

鸣叫的笼子　吴少东 / 104

致　田庄 / 105

蜜汁　李云／106

深秋　刘起伦／107

坛头的苔藓　雪鹰／108

牛　周艺文／109

镜子　梁尔源／110

日落之后　蒋志武／111

玻璃的裂痕　王爱红／112

明黄色星星　安海茵／113

等候一场雪的到来　小语／114

献诗　张抱岩／115

树上的鸟窝　李皓／116

秋夜十行　陈新文／117

白露过后　宫白云／118

为陌生人而欢呼　马晓康／119

雪人　冬雁／120

暴雨前　马端刚／121

城市　熊红／122

致海子
　　——为纪念海子逝世32周年作
　　阿尔丁夫·翼人／123

午后　鹤轩／124

夕照渐逝　高建刚／125

在仿古建筑上安家的鸟雀
　　杨献平／126

天窗　黄梵／127

第十八天：告别之诗　胡茗茗／128

海　施浩／130

一副扑克牌　罗鹿鸣／132

平静　胡翠南／133

掠过　叶德庆／134

我靠着一棵树　宝兰／135

瓷器观察　李之平／136

黑夜是饱满的　罗秋红／137

光和一个黑点　鹏子／138

传记　周石星／140

梅溪夜　王跃强／141

一日长于百年　曾纪虎／142

干瘪橘子是屈原标准的瘦削长脸
　　汤红辉／143

黄昏的颜色　罗晖／144

一场大雪过后　柳苏／146

离开时　彭永征／147

我的对面有一把空椅子　刘艳芹／148

舞台剧　黄鹂／149

我羡慕　崔荣德／150

女儿的诗　许浒传／151

想起向日葵　王亚明／152

停下体内的那列火车　温青／154

黄鹤楼，在时间的翅膀之上　周朝／155

开垦　王忆／156

瀑布口　廖志理／157

星星隐没　田人／158

嘉陵江　萧刘／159

大地的词　张凯成／161

雾　徐汉洲／162

河边即景　施展／163

你的时间就是你的时间　雁西／165

猫咪　鲁子／166

火星镇　贺予飞 / 167

我就是一块石头　彭戈 / 169

第五辑　沉思写作

连日雾霾中读托卡尔丘克《云游》
　　余笑忠 / 173

野百合　姚辉 / 174

和布克赛尔　彭惊宇 / 175

北方的阳光　远人 / 176

落日　阎志 / 177

积雪的山顶　梦天岚 / 178

我爱苍茫辽阔　芦苇岸 / 179

母子情　唐晴 / 180

静物　敬丹樱 / 181

小草和我清谈　周占林 / 182

花开时节　罗广才 / 183

黄昏　应文浩 / 184

太阳河　韩庆成 / 185

大雪是一枚糖衣　齐冬平 / 186

搬不动的石头　陈惠芳 / 187

父字如面　肖歌 / 188

走着走着　刘鸿伏 / 189

茅屋　欧阳斌 / 190

小雪　王长征 / 191

我的爷爷是木匠　杜华 / 192

江心屿　三色堇 / 193

一瞬　龚学明 / 194

火车上　月光雨荷 / 195

午夜的粥　赵婧 / 196

门，或者门里门外　哑君 / 197

雪夜归　费新乾 / 198

鸟擦亮天空　万辉华 / 199

影子　周栗 / 200

没有年代的肺腑之言　李浔 / 201

醉春烟　张斐 / 202

父亲的声音　超侠 / 203

秋天的河流　田晓华 / 204

余温散尽　易飞 / 205

十月一日回乡看父母　李冬平 / 206

清明　张随 / 207

避雨的羊　凤鸣 / 208

夜半时分的一声鸟鸣　北琪 / 209

蜘蛛　林萧 / 210

神秘伴随着诗　尾生 / 211

关于爱　冷杉 / 212

插秧　毛一民 / 213

清晨剧场　宁延达 / 214

偶感　柴岳 / 215

冬晨记　海城 / 216

空房子　东来 / 217

黑与白　戴逢春 / 218

早起　朱燕 / 219

长在骨头里的谷木　舒文治 / 220

小路　王峰 / 221

羽毛一样的云彩　吴颖丽 / 222

关于一群鸟儿　江左融 / 223

第六辑　异质写作

石头记　梁平 / 227

垂钓研究　胡弦 / 228

咸嘉湖志　路云 / 230

无休　胡亮 / 231

寄居海边　明迪 / 232

佘山游境图轴　刘洁岷 / 233

问候　余丛 / 234

撤回　李寂荡 / 235

失眠的闪电　黑丰 / 236

思考的苦痛　黄亚洲 / 237

早春　王自亮 / 238

我们　桑眉 / 240

最后的秋天　莫笑愚 / 241

还乡路上　陆岸 / 242

虞姬墓　李美贞 / 243

乡愁　孙冬 / 244

孩子　张战 / 245

院子　育邦 / 247

第五十二天　从容 / 248

无异于荒凉的天空　史伶桥 / 249

萱草花开时　李双鱼 / 250

三亚湾的海　陈群洲 / 251

拥抱　宾歌 / 252

我出生在一株柿子树下，在五棵枇杷树和一丛竹林之间　严彬 / 253

山间来信　吴小虫 / 255

今日雨水　马启代 / 256

一把刀　李荼 / 257

致宝塔　谢湘南 / 258

路过　陆健 / 259

在秋天的橡树下　安然 / 260

当我吞下一把药　何鸣 / 261

水龙头　黑瞳 / 262

那个孩子　王法 / 263

梦见凡·高　朱建业 / 264

一个男人　刘合军 / 265

悬崖　杨厚均 / 266

马奇　早布布 / 267

写诗　张杰 / 268

豹子与鹤　卞云飞 / 269

摇篮　风言 / 270

命运的刺客　朱涛 / 272

七天或更长　陆地 / 273

凌晨三点三分的重症监护室外　文佳君 / 274

清洁　张浴葵 / 275

诗人你没有错　羽菡 / 276

我，和我的另一个名字　黑骏马 / 277

一群乌鸦飞过头顶　赵之逵 / 278

正午时分的回眸　安谅 / 279

微妙的开始　赵目珍 / 280

第七辑　后口语写作

画家塞尚　沈浩波 / 283

诗　伊沙 / 285

蝙蝠　侯马 / 286

雨　徐江 / 287

添煤　严力 / 288

看见函数　杨黎 / 289

走路记　刘川 / 290

水落石出　南人 / 291

柳芽　商震 / 292

呼和浩特最美窗口
　　——致侯马　西娃 / 293

水杯　吴雨伦 / 296

老鼠（第一、第八十一章）
　　维马丁 / 297

在岛上写诗
　　——致海岸线诗群　赵思运 / 298

被冬天叫醒的人　中岛 / 299

夏夜，躺在童年的山坡上　喻言 / 300

终夜聆听　图雅 / 301

晚炊　君儿 / 302

白羊　庞琼珍 / 303

雪　苇欢 / 304

假如　海菁（10岁）/ 305

走路　铁头（14岁）/ 306

石头　高晨洋（8岁）/ 307

爷爷是个神秘的人
　　姜二嫚（13岁）/ 308

血缘　姜馨贺 / 309

走在日本白川乡老街　邢昊 / 310

一生　刘傲夫 / 311

忏悔　湘莲子 / 312

补药　江湖海 / 313

疯狂的石头　吕本怀 / 314

闲步　走召 / 315

美好　柳慕言 / 316

告别仪式　王小柠 / 317

伤痕　桂杰 / 318

在厨房　姜普元 / 319

麻雀　冯桢炯 / 320

从前的一棵草　冰峰 / 321

情诗　马金山 / 322

阿婆的花生　黎雪梅 / 323

土豆告诉土豆　晓角 / 324

第一辑
知识分子写作

臧棣

翠鸟简史

你必须重新变成一个无知者
　　——华莱士·史蒂文斯

假如飞翔只是一种本能,
这些从南到北分布如此广泛的翠鸟
似乎完全没有必要存在;
喜鹊就能取代它们。并且随时,
有悦目的渴念萌动在附近时,
喜鹊甚至能将飞翔展示成
一种可观的天赋,乃至美的表演;
如果还需要进一步逻辑的话,脏兮兮的昆虫
和面目暧昧的蜥蜴,也自会有伯劳
或画眉扮演清理者的角色。甚至麻雀,
在那些浑身布满寄生虫的虫子
爬进我们的身体之前,就能吃掉
它们中的绝大多数。所以该下判断时,
必须及时指出:在这些翠鸟身上
暴露得最充分的一个秘密
或许就是,美是一种目的——
翠蓝的横斑,分布精巧到
只能笼统地归结于理应是进化的
产物;否则,一旦看上去像执着的淬火

被催眠了，被窃取在更醒目的
宇宙内部的探索自我时，你会因我们
似乎被排斥在外而发疯。即使清醒
偶尔会占上风，从斑头翠鸟
到蓝耳翠鸟，色彩艳丽的羽毛
也极深地耽误过骄傲的理解。
一个朋友曾送过我的一个标本
作为诗歌的灵感的来源：头部泛着
黑金属的亮光，颈部的一点白色
像是被涂上去的，唯有翅膀的亮蓝
一劳永逸地解释了短小的红腿
可以在捕食中起到怎样的作用。
很长一段时间里，我觉得我永远
都不会在乎它已不是一个活物；
直到有一天，我突然意识到
如果死亡是拥有它的一个前提，
一个人会不会麻木到早已沦落为
死神的同谋而浑然不觉。

孙文波

在快手看到巨大的章鱼

章鱼的触须已经绕过了海岬，
章鱼喷出的墨汁正在染黑海水。
它是带着海深处的秘密
出现在这里。它似乎正在做出牺牲。
海鸥呢？盘旋中发出尖锐的叫声；
白色的海鸥，白色的叫声，
带给海不平静！不平静的七月的早晨，
我是一个梦游的人。我走在
晨曦普照的半空。我犹如一只信天翁；
我逡巡。我的眼睛里没有陆地，
我的心里就像装满了礁石；珊瑚礁石。
环顾四周，我打量的全是陌生。
环顾四周，我希望，海中长出三个叟；
一个是我的过去，一个现在，一个未来。
我希望，他们把海当作浩大的客厅。
他们是我的魔法师、占卜士，如果他们说，
过去的海是海，未来的海是海的影子。
我希望，他们说的是箴言。如果他们说，
海将长出十二个魔鬼，我相信。
如果他们说，海将长出玫瑰，我亦相信。
因为我知道，万物，必须以海为尊。
因为我知道，海，本身就是秘密。

秘密的大本营。正是它带给我一首诗
——章鱼的触须,已经绕过了海岬。
章鱼的触须,在梦境中制造了梦境。

柏桦

打湿的衣服比干衣服重

　打湿的衣服比干衣服重。
浮在水上的西瓜显得轻?
死鸡的脚是凉的,
死鸡重不重与凉有什么关系?
铁铲子是凉的,
铲的土重不重与凉有什么关系?

　闲人因性急才注意到细节:
卖蛋人为买者用灯泡照蛋。
还用问吗,日瓦戈医生?
马奶酒治肺病是俄罗斯的事。

团 山

树才

莫名其妙,到了团山上
石阶把我送往高耸处
喘息时,回头惊见洱海
那是我心:凭空涌动

多么惊人!太阳光和风
正翻开洱海这条大鱼
这么多亮闪闪的鱼鳞
白云仿佛也被金银迷醉

看吧!这莫名的内心
何其妙哉!不可思议的
团山是圆的,我没能
一步一步登上它的山顶

陈东东

运　河

是一番奇想扛来
新时间，长河运抵
用废了何止亿万副肉肩

迷楼幽处，他徘徊
他决意去拨快
模仿宇宙节奏的钟点

指针指向了历史隐忧
那折叠起来，加速的航程

——当有人踏上拱宸桥头
再次俯首，探究镇河兽

桑克

忆 旧

当年京师困顿，每日里
也受些腌臜闲气。多亏肖氏诸公
佐我酒食慰我伤心，其中所寓深情
犹如几番暗夜之火。每每念此，
不由泫然泪落，而至辛酸处舌头就会打结，
权当记忆没有活过。今读拾遗旧诗，
冷脸子与热脸子交错，所谓劳什子解放
又是什么？人生在世也就几十年，
蹉跎也就蹉跎了，何妨做一个好人，
把生锈的铁栏抚摸。

李以亮

秋　兴

又到了我们用脆弱的后颈收集太阳的光照的时候。

一个声音在说：请多加衣。

一场年轻的赛事在城市如期举行。你我的约定

被搁置。只有心，还是道路一样干净、笔直而坚定的。

胡桑

轶事：他人

倘若残缺
令人平静，
雪就不必落下。
他将分析
投入迟钝的目光间。
就这么越渡电子瀑布，
小心翼翼，
撤回一步是空白。
风行水上，
细节各自独立，
缠绕在鲸鱼的肺里。

雪不可能落下。
梅雨切割夜色。

疏离的季节令人不安。
然而，他一意孤行，
删除了丰富的雪，
和锁闭的炎热。
衣服上的重力
并不蕴结，
记忆朴素地碎裂，

成为瓠落的咖啡馆，

成为嬗变的脚步和口吻，

成为一同安检的背影。

蔡天新

自然之声

盛夏,黎明时分
窗外树枝上鸟雀齐鸣
每天把我从梦中唤醒

初秋,隔着帘布
我隐约听见杜鹃的鸣叫
布谷,布谷……

隆冬,推开窗户
我看见大雪纷飞
已经下了一整夜

早春,桃花开放
门外的小路满是落英
一步步将我引入深山

高兴

镜子前

我站到镜子前
摘下口罩
一下子惊呆了
一个全然的陌生人
正站在镜子里
同样惊呆地望着我
目光呆滞,神情沮丧
嘀咕了几句
我听不太懂的话

这个陌生人
从此将与我形影不离
叫我时刻不得安宁
想到如此前景
我的惊讶转为愤怒
恨不得将镜子
砸个稀巴烂

这可是面钢化镜子
坚固无比
准能挡住你的拳头
陌生人冷冷地说

这句话

我却听得明明白白

王远洋

春天的美好瞬间

显然,这对小鸟羽翼初齐
像刚刚长成的少男少女

白头,三道白带环绕的黑脊背
黄眼圈,黑亮黑亮的眸子

起初,他们互不认识
在铁丝上,各自站在一边

接着,一个鞠躬九十度问好
另一个也急忙低下头请安

然后他们互相靠近
开始越来越亲密地交谈

突然,他们用尖喙亲起嘴来
亲完似乎害羞,又矜持地翅开

主动的那个,便俯首称臣大献殷勤
于是再度响起吧唧吧唧的亲嘴声

停下接吻,就高兴地鸣唱

五音节的歌调,清脆而又响亮

一会儿,悄声絮语说个不停
或许是在商量筑巢结婚

生命短暂,春天更短暂
爱情是一道幸福的闪电

爱情的闪电击中一对小鸟
让我在这个残酷的春天

也窥见美好的瞬间

王敖

绝 句

很遗憾,我正在失去

记忆,我梳头,失去记忆,我闭上眼睛

这朵花正在衰老,我深呼吸,仍记不住,这笑声

我侧身躺下,帽子忘了摘,我想到一个新名字,比玫瑰都要美

赵俊

移动的枯山水

这是青森先民们身上移动的枯山水，
在古朴中，他们发肤中的密码
被现代的复眼破译。我想起
远赴他乡的东野先生，慈母的针线
曾缝补他的行程和思念。在雪国
阴冷同样像贯穿伤，亲手种植的麻
才能变成纱布，使生活的创口愈合。

他们甚至从不将破旧归入卑微的记事本。
那高贵的褴褛，使他们的脚步迟滞。
在红白喜事的更替中，这些纤维作为
新的皮肤，成长为身体的软体纪念碑。
我们从不信曾有这样的奇迹：天空的蓝色
渲染着他们苍白的人生，而五彩的男女在
都市光鲜的风箱中，吹散了田野原初的梦境。

依尔福

等待出生的婴孩

夜晚的帷幕,轮船在白瓷碗中沉没

瘦小的男人

藏在帽子的阴影中

他嘲笑泥石流

那被夜晚取消的一种愉悦

显而易见

但我们反对他把脑袋镀上一圈铜

海滩一桶一桶的石油

脑袋憋大是迟早的事儿

我们需要他跳探戈的阿根廷母亲

变形的空气是他月亮般升起的父亲

老两口在城外的郊区公路上

像竹节虫一样假装不动

试图证明,他们的梦,由早餐的露珠凝结而成

但一切都是暂时的

小说中的大海,会让人越来越渴

他们看电视纪录片

被简化成一阵大笑声,他们把爪子

放在鼻头上

直到火山熔岩流到他们吃饭的碗里

第二辑
民间写作

于坚

石 狮

一块石头 被匠人雕成了狮子模样

虚构了它从不具备的威严 狰狞

它的草原和猎物在史书中 或许就是那头

非洲狮子梦中的皇帝 它从不知道这一头的存在

没有麋鹿 象群 没有落日与黑夜 完成之地

一个可以永远立足的未来 在大门口 它不会扑过来

不会撕咬脖子根 这种无能令人害怕 肉身缺席必诉诸

邪恶 这里没有狮子 守门人在传达室里看电视

它报告着新闻 它播着电视剧 它的插头是两根金属片

李不嫁

在科尔沁认马

吁！这可是一匹上好的马啊

肩胛骨几乎和人齐平

耳朵像刀削过的竹管一样，机警灵活

鼻孔中鲜红的血管清晰看见

但当我初次跨上马鞍

期望一骑绝尘，

奔向草原尽头的落日

它却像一头老牛，走走停停

沿着固定的旅游线路

无论我怎样松开了缰绳

猛力踢打它的肚子，无论我怎样大汗淋漓

它仍然不为所动。一匹好马

遇上一个劣等的骑手

是如此从容、大度；而我气急败坏，仿佛受到了侮辱

皮旦

热　爱

瞧那棵树，它热爱所有的方向

向上的和向下的，向东的向西的向南的和向北的

方向多不可数，任何一个方向

它都热爱，而且是同时热爱

站着不动，它却做到了这一点

这是一直存在的事实，至今我才发现

然后花半天时间否定这个事实

朝东南生长的那根树枝，它的花开在东南

它一生热爱东南，它的热爱

是独立的，仅仅是它的，不是树的

每一根树枝的热爱都不是树的

树枝并不是树，树叶也不是树枝

秋 夜

太阿

少年快速驱动滑板车,之后

在空中旋转三百六十度——落地的雏鸟。

我努力保持身心平衡,

秋风吹凉后背,不能在台阶上久坐。

我站起来注视广场前最高的楼,

它外表通红,身上的字一个个向上飞升,

企图给黑暗天空以白色昭示。

十点整,周围所有建筑的外壳都暗下来,

没有月亮,星星缺席,

林中弯曲的路等待夜下降的露珠。

在想象隐蔽处,一只野猫从垃圾堆中

跑出,追着老鼠一样的落叶。

我的灯光跌落在垫高的枕上。

抑郁的季节关闭所有靠北的窗,

崭新计划像新剥的橘皮被搁在阳台,

等候黎明时东方的光,

直到秋季结束或阳光消遁。

横　　　　借你的名字走段路

分别是一个地名。

分别后是一个地名。

其余都像

那种可以忽略

的熟人。

剩下的有一部分

好像

有时候在的

和不在的。

嗨

我叫：胡志刚。

借你的名字走一段路。

管党生

什么是诗

夕阳芸在公众号
私信我
什么是诗
我说
诗是心灵的星云
语言的炼金
回答完
我笑了
我也不知笑啥

刘不伟

大雪夜宴

奶茶开锅的时候,
雪在窗外化妆
大学东路白衣飘飘
黑色本田噌噌肿大
温酒
上烤羊腿

一下雪,我们的城开始
锦衣夜行
向着时间的深处
奔跑
悄无声息

大雪之后冬至
小寒大寒双人舞过元旦之门
第五十二个立春是我的
年轻人,别抢
也将是你的

霍小智

嘈 杂

嘈杂只因置身嘈杂中
你离开,嘈杂不会发现
你离开,尽快离开。

郭金牛

幽。和时光铺子

幽
我。梦到一条蛇,身穿彩色的绸缎
她的美:
冷。艳。
两粒绿色的宝石
看我时
吓跑了我全身的力气
是的
幽。你不该用绿,看,或爱我的苦
把胆汁从肝部交出来
把黄连从泥土里交出来
把离别从布吉镇交出来
三者的混合物,竟然是甜蜜的地铁、迷人的布匹
幽。
脱下白云
时光铺子,一条蛇从草丛中穿过
交出了她全部的
曲线
猫头鹰的脸都红了
人世间所有的美,可以在动物身上
找到。

张后

一个巨蟹座的下午时光

她的车里放着一枝枯萎的尤加利叶，而杯座上
竟放了一只布狮子。毛茸茸的可爱，摸抚着
异常的柔软。因为她是巨蟹狮子座。结合了巨蟹座的温柔
与狮子座的阳光

她将齐腰的长发染了一下，更黑了
像一匹黑色的绸缎，车里散发着
美好的气息，她要载我去一个艺术区

仿佛走了很远的路，路旁边不时有油菜花开
再穿过无数座树林才到。她说那一条路
被称作这里最美的乡村公路……

一些零散的工作室都关着门，她说
有个诗人在这里开了一间书店，但转了转并没有看到
她透过"得步山房"紧闭的门，似乎想窥探一点什么讯息
又转了一圈后，只有村东头一间咖啡馆营业

于是，一杯咖啡在等另一杯
咖啡的故事开始了，一个下午我们就这样
在阳光下懒洋洋美好地度过

述一　　　石　龟

我从门外

呼啸的北风中

走进酒店

坐在大厅沙发

静静看

一块天然的石头

卧在靠窗的石槽中

像龟,

卧在石头的寂静里

从容抬头

出神地望向远方

石有心

龟有神

我在温软的沙发

看自己,

走进石头的坚硬里

林何曾

我愿意在绿皮火车上无所事事地度过一生

就是这样

说什么南山赏菊

经冬看梅

代表高尚情操

说什么

自别后

一日如隔三秋

说什么

此去经年

应是良辰好景虚设

就是这样

我愿意在绿皮火车上无所事事地度过一生

人间就是这样

火车轰鸣

铁轨震动

有人分离

第三辑
当代先锋写作

车前子

命　运

焰火穿孔

的瞬间，黑暗深邃

而短暂。我有一个蹩脚比喻：

来到沙漠中的彩凤

很快变成鸵鸟

狂奔，然后埋头

你怀抱——黑暗深邃

而健忘，更像挥霍一空的

燃烧，

却无热度，却无心跳，

亦无初逢。

黄明祥

你见过一颗像小猿猴的石头吗

一开始是从悬崖上的洞口

掉落树底,滚到溪边

后来进了河边一座房子里

不知过了多久

出现在平原上一个城市居民家

时间似乎越来越快

接着,游客在海边博物馆

看见它在玻璃柜里

加装了底座,打上了灯光

按理已无处可去

可是,意外仍然发生了

一天深夜,它被盗了

连同古代的一批山水花鸟字画

从此,不知所终

那一定是别有用心的人

姜念光

黄昏之诗

海浪涌过去两到三次

蜜蜂飞走十之八九。楚王所好

那热甜的细腰

孟加拉虎在液晶屏中张望

罗马军团的盔甲繁重

书房,就是这样一直在下沉

沉到了底,也就更耐心,更安静

阿拉丁擦拭煤块和笔尖

其中的革命,始终有一道视线,以及

格瓦拉咬着雪茄的味道

窗外,春风吹动绿叶初绽的元宝枫

从深山里到来的黑橡木书桌

暮色般沉着

接住了我今天炼出的青铜

蒋一谈

长腿鹤

在黄昏,在雨中,
长腿鹤以一种缓慢的后退

告诉我,优雅的另一面的
优雅,与被理解无关。

我看,我听。听比看难。

静默,原来有谢谢你的意思;
并且,不需要回声。

雨完成自己,黄昏完成自己。
长腿鹤后退着迎接

背后的消息。信任的真相
就在其中,乐在其中

而且一目了然,让你觉得
自己比之前亲切了。

至少,更平和了。

"毫无意义"这个词,就好像

留在了古代,就好像一只晚归的鸟,

飞到了山那边,再也不会回来。

徐敬亚

手机里的大学

紫外线中的仙人也生得白净
从汽车中钻出来的男主人胡子嫩如小草
他的声带里发出了汉学家的声波
"汉学家"从三十多公里外的镇上赶回

想不到,在天堂上也是雄狮作主
黑白帐篷的四周立刻热闹非凡
彩云之家搬出一箱珍藏啤酒
翻腾的泡沫里浮出新一代藏民故事

金榜题名。成都外国语大学。半年退学!
也许他一眼就把红尘的把戏看破
回到故乡办了间修理手机小店
没辜负他从高一起就精通人间的科技

得了什么福分,八个光头旅者
竟与天上神仙盘膝对坐
有人指问他胸前饰物与戒指
泽容甲只是抖了抖印满字母的长裤

九只酒瓶高高举向天空
唐蕃合亲在雪山和草地间再次上演
九部刚刚认识的手机同时拍摄

李成恩

跳　水

这不是水，是蓝色的玻璃微微晃动

如果你的身体真是你的身体

从跳板上倒栽下去的就是另一个人

如果你的尖叫唤起了你荡漾的恐惧

从跳板上跳下的肯定是别人的身体

蓝色水面向你打开一个通道

你在张望中踮起脚尖，这个时候

如果有人在后面推你一把

你还有退路吗？没有了

因为你溶入了蓝色玻璃

你的头插到了玻璃里，水花溅起的是玻璃

破碎的声音，你知道你的肉体嵌入玻璃中间

你像一条鱼摆动你的四肢，张开你的嘴

你企图挣脱玻璃的囚禁

因为你意识到跳板上的怀疑是错误的

推你下来的那个人虽然是另一个自己

但你后悔了，你想浮出水面

你在玻璃里迷失了你的身体

夏天的炎热迷失在你身体里

你的身体只是一个漂亮的符号

在半空里翻滚，迷失，抱紧

然后跳下去，但跳下去的是另一个人

你此刻还僵持在跳板上哆嗦
蓝色玻璃啊你倒栽下去就变成了水的一部分

春 灯

向明

你就是那盏
高挂在野旷处
颤摇着诱惑的
春灯吗

旅人的心
梨花般地
开了

羁泊中
只要有一线希望
就朝一个方向

只要有一点点光
就可把顾长的夜
度成
一宿无话的
晨

谢瑞

床 说

这是一张婚床

一张承载过甜蜜的床

如今,它已不像开始那样结实

已经变得摇摇晃晃

如果没有钉子

它的每一块木板

也会像睡在上面的人一样

虽然躺在一起

终究会生出

越来越大的间隙

李柳杨

无 题

★

我从白天

走向夜晚

衣服寂静

海底是心

★

我有与人交谈的愿望

独自赴死的愿望

坐在群山之中

变成一块石头的愿望

……

我实现了它们中的某些

长久的凝望

忽然间的眼泪

一个女人的心

★

假如我穿过人类

迈向整个星球

我将重新变为水滴。

假如我穿过星际,

　迈向人类,

　我将是锤凿而出的森林

田原

雷　雨

雷雨浇灭鸟叫和蝉鸣

置身屋外的雨搭

啪嗒嗒、啪嗒嗒

如急促、密集的鼓点进入高潮

通往对面楼房唯一的小路上

一把黑伞朝着相反的方向移动

擦一下变得模糊的玻璃窗

黑伞不见了

雨还在下，电还在闪

杨小滨

我在海峡数鲸鱼

无聊的时候，
我就去海峡数鲸鱼。
坐在软绵绵的云端，
看它们喷放节日焰火，也常常
不小心把鲸鱼数成鱼雷。
海浪刷刷，奏出迎宾曲，
细听之下，还有晴天霹雳喊出
嘶哑的口号，仿佛庆典
就要开始。极目远眺，
却望不到西湖上的莲花，
更找不见东海神龟的鼻子。
巨鲸悠然徜徉在浪花间，有时
鲸须也露出笑容，被吞噬的
鱼虾们像是挤在新建的游乐场。
我捏住云的裙边，闭上眼睛，
仿佛也已融化于巨鲸的胃液，
哼着童谣，沉睡。

瑠歌

无 题

经常有这样的午后
我对着
阳光洒在屏幕上的灰尘
敲下一行字
又删去

为什么
不去咏叹
一种天才在人群之中的
不适感呢
——那简直轻而易举

上天没有给过你任何
灵感
所有的诗
都来自无聊的时刻
通过与忘却的漫长抗争
逐渐领悟

在这些时候
你才能理解
没有一分一秒
是被虚度的

里所

为你买一头大象

你说想要一头真的大象

这不太容易

我想了很久

找到一头非洲象

她曾是社交明星

36岁

名字和你的名字只差一字

刚从动物园退役不久

目前住在一个西部农场

仅需500元

我就能让你拥有她

一直到她死去

大象农场会给我们一张

认领证书

当然

你要和很多人一起拥有她

就像我知道

我一直都在和别人

分享你

好了，付款完成

现在我们可以通过摄像头

观看你的大象

如何在河边饮水

管管

白　月

　　一只鹭鸶立在傍晚的田里
　　冬日被割去青丝的水田突地有了呼吸

　　有谁能知道那只鹭鸶要飞向何方
　　有谁能知道那只鹭鸶要住在什么地方

　　寒寒的风只顾吹皱那水田里的白月

雪迪

群山之间

山鹿在低地的绿草里。
鹿角的蓝色请求客居人
带着模糊的心愿起身。

四月充满了想入非非的人。

远方，那些切开城市的河流
孤独地一起流动——
人群跟随人群，消失

在生锈的暴雨中。

旅行者返回。带着当地人
赠送的铁器和盐。
他叙述着，像一棵树正在生长。

群鸟飞翔，像遥远的海滩上，一片伞。

樊子

蛇

如果大地的暗处有一处缝隙,我会想到一条蝮蛇
想到冬天过了,它该要出来饮一口水了

春天已经来临一个多月了
它还在懒睡,哦,春光,暖洋洋的睡梦

我可以忍住饥饿
看银白的山梨和粉红色的桃树
在大地的明亮处生长
那些蜂鸟也在长大

但大地永远有它的裂缝与通道
还有一条弯曲的蝮蛇

我随一条河流走来走去
如果遇到一条饮水的蝮蛇,它惊恐,我也惊恐

这时光里,我遇到它三次,它
急需要干净的水

汤养宗

渐老颂

无非是,山道变成水道
无非是,顽石点头,坏脾气改换心有不甘
无非有人从天而降,说没有天不明白的事
无非,我去你留,寄或不寄
春风太磨人,让我渐老如匕

剑男

走夜路

猫头鹰一声接着一声
像要在夜色中喊出一个人来
我又期待，又害怕
期待这黑暗的山路上真有个同伴
又害怕真的有个人在黑暗中被喊了出来

李泽慧（13岁）

面向星光

对于寡言的星来说

无声地瞟着大地

已是情感的全部

但你仰头去迎接它们时

星会一起低头微笑

依然安静

情感却像洪水奔腾

只能说

这里少了一首歌

杨北城

我几乎忽略了眼前这条溪流

它从山涧汇聚了发达的根系，草墩，青苔，甚至坚硬的石头缝隙

一点一滴的岁月残存，以及潮湿的心

它一路像蒲棒举着纷纭的拳头，攥着露水

又像我读过的诗书，大多毫无用处

无数溪流在抵达江河之前就已消失无迹

但我还是忽略了它入微地浸润，匍匐潜行

它的宿命，向死而生的穿石之力

是因为我看不清腐叶下沉默的鲜活的事物

如今它欢畅地从沙砾和碎石中又跳了出来

仍带着深谷的悲悯和孤寂

而我从溪流中已闻到了盐的味道

向以鲜

暴雨骤至

我对暴雨的感情很复杂
既爱又怕,既渴望又疏离
暴雨像一场早熟的
来不及理解和享用的爱情

于丈人山的游鱼而言
这天赐的食物:泡沫或珍珠
仿佛白色的东方持国天王
撒落无穷的幻灭感

草树

壶 水

如一壶水在角落冷暖自知
偶尔的社交并不能获得足够能量
让盖子冲开、壶嘴嘶鸣

一群孩子在庭院叫喊
女儿的书包还在地板上打转
楼梯上已响起咚咚咚的脚步声

有时候我从窗口伸出头
看他们在芒果树荫里嬉戏
又加热了一颗渐渐冷却的心

翠绿的芒果闪烁枝叶间
想当初壶水溢出几至于窒息
去罗城路上,四周群山与我再无关系

壶水在厨房嘶鸣。我立刻奔过去

骆家

到处……
——给诗人李载明

到处是春的抓挠——

枯树都忍不住时时勃起：

仿佛基弗雄武的画戟（"画剑"

也许更侠义）

甚至在地平线光的尽头——

一夜长出：

漫山遍野

妖艳的呼唤

（斑鸠吗？）

看似坚硬的笋

少况

菲斯卡剪刀

你出门,发现没有下雪
很多自行车轱辘在那里空转
他打电话来,说时间钻进了地铁
胖胖的,像一个富裕的山芋

共同的地方都是女人,但差别在年龄
我陪你阅读那些说明文字
他们什么时候把城楼改造成了炮台?

企鹅的集会估计要推迟
还有词语采集
你继续往火里扔考题
不干胶支票可以和创可贴
交替使用,增强他胸前
水印的防盗功能

幸亏母亲挡在舅舅面前
讨论没有按照厨房的流程进入
城市的集体无意识。目前,我只能
隔着橱窗,欣赏歌剧般的大火

你耸肩,她吊膀子

每一天都有一个不同的步骤

或报酬。餐前绝对禁止出示户口

至于餐后,冰块的数量

依照性别分出奇偶,形状

完全模仿声音的伤口

武器是动词,放下不是

茉棉

非逻辑

整个下午
我拍摄最多的,是行走于
红木长亭,树叶,单薄衣衫上的阳光。
(黄金的质地不可忽略)
一张照片和语言的反转
不会让我迷失。
我用两种语言:英语,普通话,家乡方言
问好新年。
我喜欢折射而不是反射,
像鱼翔水底,
像墙壁上的棱镜——
碎花衬衫,复古小圆领,平静的脸。
我这么苍老又这么年轻,
写不写下,都是虚度。

鱼乐堂

黄靠

他又看见鱼挣扎水中

于月圆之夜上岸,采花如草

低头于彼岸

脱下罪孽深重的鳞

果实脱落风里,暗潮涌动

鱼蛋被世人演绎成蝶

丑陋美化成抽象的花卷

新生的鱼游过浅水湾

月光镀金,沉入深水埠

幻相生于忧患

死于秋后干枯的河床

背叛鱼群的顺流

在云上,凭空随风消散

程维

云彩修剪师

气象公司招聘云彩修剪师一名
身高上不封顶,能在黎明或傍晚
踮起脚尖够到云彩为宜,最低
不能少于一米八〇。广告一出
就有人上门应聘,居然是个矮子
他声称自己较有工作经验
不必起早贪黑,就能把云彩修剪妥帖
每天上午九点整,他弯下身
从修剪脚下的影子开始,一步一步
修剪到了天上。人们几乎没有注意
他是怎么上去的。都一个劲仰着脖子
往上看。头一次上班,他将天空的云彩
修剪成鲤鱼的形状,公司十分满意
特地拍了图片放到微信上,收获满屏
点赞。接下来几天,又把云彩剪成
老虎和狮子的形状,人们觉得很新鲜
年轻父母可以不带孩子去动物园了
抬头就能让孩子指认天上散步的狮群
再一星期,他把云彩剪成了飞龙
和神仙,街头行人都停下来看得发愣
公司就有些着急,叫他改成别的形状
次日他把云彩修剪成了一个个人
自己就消失了,整条热闹的街都搬上了天

谷未黄

题郑板桥的画

我对地形充满兴趣
一座山，一条河是一个整体
一座山，一条河和一个溺水者也是一个整体
他正在拼命地沉溺，没有人能够替代他的沉溺
但是这一切努力无法改变山水的关系
看到他开辟的道路又被水合起来
我浑身都在颤抖。我没有力量接着跳下去
把他当着装饰品，这种想法本身就是一种侮辱
理想时常从身体里出鞘，露出寒光
我们依偎着爱上天的荣耀，爱世间的荣耀，更爱
内心的荣耀，以此来安慰自己
当这一切远离我时，我爱得更深
但缺乏它们的无辜

吴投文

画　家

　　一只狩猎中的豹子在纸上放大

　　越来越清晰,把边界确定

　　越来越有重量,把下午变成黄昏的琉璃

　　越来越贴近地面上的草木

　　森林中的色彩越来越厚,像炸裂

　　声音越来越暗,突然寂静

　　气味越来越浓稠,毛发毕现

　　高处的几只鸟眼光有神

　　最后

　　那要命的一扑

　　使他的眼睛瞬间发黑

吕贵品

两头象

我养了两头象 一头是我的具象

另一头是我的抽象

具象　在绿水青山之中吃草

躯体是一块块石头

曹冲用小船 称出大河的沉重

抽象　在白云蓝天之上憨笑

灵魂是一颗颗微粒

霍金用果壳　包裹宇宙的奥秘

我牵着　这两头象

优游自在地走在东方的大路上

路边的货物　形形色色

有具象睡的床　抽象听的歌

一路琳琅满目

我走进一个围栏

遇到了一个熟悉的陌生人

他说：喂 我就是你呀！这两头象

要送给侏罗纪公园吗？

李海洲

明月山下

小径远到农业的心脏。
江面平缓,鸥鸟涂抹的诗
正在被芭蕉和虫鸣送给过客。

炊烟下,绿萝开出白花
胸藏泉水的说书人扶栏推窗
汽笛声吐出往事和篝火
他忆起旧宅潮湿的家谱
明清遥远,丘陵早已变为桑田
他看见繁星把明月山照亮。

村落像油画,这秋天的颜料
比一座美术学院还多。
粮食长进命脉
天色晴好,庭院里果实悬挂
街口的葡萄藤缠绵巷尾的柚子花。

返乡的人从此不再远行。
打理出马蹄声送给昨天
迁居到春风里,听潮水抚岸
渔歌唱出五柳先生遗留的书信。

这归宿古意盎然

这一山的甘露陪着东去的大江。

野史里帝王偏安的河流

在江水拍岸的正史扉页上

抽丝出新一天的鸡鸣。

筑梦境而居的人正在醒来

心很绿,天亮得很早

说书人独自下了明月山。

村落寂静,云朵顺水回到人间。

姚彬

把那只蝴蝶从诗句里赶出去

整个晚上都是提心吊胆,

有人提醒我那只蝴蝶会破坏一首诗歌。

它还没和翩翩起舞、莺歌蝶舞、五彩缤纷这些词语划清界限,

虽然也没肯定这只蝴蝶是我的、他的、你的……

蝴蝶还带着泥土的气息,带着花粉的气息。

带着久远的信息,也许和庄周还有关系。

在这首诗歌里,泥土要保留,花朵不再摇曳,

庄周要死掉,叙述要保留。

把那只蝴蝶从诗句里赶出去,

可以讲成一个故事。

这时,我想起了亲爱的尚仲敏大哥,

当然,亲爱的是多余的。

草鹤

择夜为邻

喜欢黑夜,因为真实。
阳光不可改变,躲在影子里的人照不到

夜晚能够包容万物
阳光喜欢揭短,那些能原谅的,不能原谅的

择夜为邻,黑夜洞察到的不会说出来
阳光口不遮拦

孙捷

难题

那么为什么要写，诗歌中的密林
比比皆是，还不包括流淌和闪烁
这些虚幻的词语。何况咆哮的人群
都有被晚霞误导的经历

曾经迷路的父亲也是这样
他最反感的那个失踪的人
原来就是他自己。面对眼前的难题
我沉默并将头转向窗外

一棵大树正在春风中抱怀提气
将弯曲的枝干重新举向天空
没人向一棵树提问过，包括那些筑巢的鸟
都没感受到风声中的停顿和转折

承认内心的阴影，就像
发现了史记中的漏洞，密林中的鸟鸣
将会越来越多。惊讶过后
感觉兴奋的人再次敲下了回车键
他对那个提问的人充满了敬意。

项建新

说　话

刚出生的孩子
都携带着外星球的语言
来到了地球上

他们在地球上
学会了地球的语言
忘记了原星球的语言

这时候
大人们发现
这个孩子会说话了

王国伟

两个骑者

要知道,马

也有爱美之心

它们颀长健硕的身躯

需要华彩斑斓的配饰

就如那霏霏的落雨,在春季

在水草肥美的海子边

什么都无法阻止

一匹马与另一匹马的亲昵

如果我饮尽最后一个酒囊

我就摇晃着上马

去追赶那匹马背上红着脸的姑娘

千夜

红　豆

或者
给我一只白瓷碗
过路的人啊
喝，喝下
你已手捧整个南国——
不要在立夏前喝绿豆汤
在南国，每一颗红豆
都守身如玉
都发烧

唐驹

八　月

天边的云燃烧成一团象牙
像象牙一样交错相映的眼睛默默流逝
哆嗦的电流跳跃在云层之间
掀起了白桦林的狂飙

在云层之间洗去凝固的表情
找见轮廓分明的眼睛
一头小金鹿在摇晃
它的鹿茸在太阳下是一座金字塔

凝固的云层像烟雾中的飞鸟
盘踞岩石一角痴迷守望
当伐木林场被掏空溢响钟鼎
当憔悴的雁子遇见烈日中的慈祥

手

凯岚

夜间,我好像被什么东西推醒
发现你的手
搭在我的右臂上
如此的轻
像一条围着脖子的丝巾

又是如此的有力
像母亲的手
在熙攘的人流中
拽紧五岁的我

窗外的雨如海浪般哗哗作响
我感觉自己像一条船
在起伏的波涛中飘荡

我翻身,搂住你

一只铁锚
渐渐往下沉坠
扎
入
海底

不亦

无题诗六十

我站在河中的石礅上观鱼。
一只灰色大鸟在空中盘旋。

鱼群黑脊显现流水。我跺脚
让它们狂乱奔突,溅起泥浪。

鸟飞走了,这合乎我的心意:
不希望离我很近的事物受伤害。

现在我顺着河流行走观鸟,
白鹭在浅滩追鱼,也合我心意。

卜鹿卜鹿

中午 18 公里

半路。我与小艾都累了

眼睛睁不开

我们停下。在路边。打瞌睡

睡一会儿

路边有栾树和三叶草

抱 负

梵君

它全部的思想中

有一种声音反复出现

仿佛来自苏格拉底或亚里士多德的逻辑学

极光的魔杖在它们身上弹奏

——在黑暗中起伏跌宕

迁徙者在深夜远离古老的羊群

远离其文字的修辞学

赵原

给蝴蝶遮雨

半小时狂暴的大雨之后

地上蒸腾起

热烘烘的水汽

但雨没停 依然

大一滴小一滴地下着

过马路时 我看到

两只灰色的小蝴蝶

在绿化带上翩跹翻飞

雨点像高空投弹

投向它们如痴如醉的双人舞

它们似乎在奋不顾身地

遮护对方。我慢慢走过去

悄悄用伞

遮住了这对

在空袭中浪漫的

小情侣

第四辑
人文实验写作

杨炼

河口上的房间

总有一只船远去　目送着你
对岸在远去　天空是倒立的命题
字与字之间一条河流过
到你的无言时　海鸥的旗语雪白而膻腥
退潮　月亮在拉溺死者的名字
鱼类俯瞰黄昏　眼眶中抠出灯塔
每天的镜子关紧一个葡萄酒味儿的
上游　黑暗像一盘海鲜逆流行驶

大海从一个问句开始　它问　哪儿
房间像一只鸟站在船桅上
四壁漂流的地址　演奏桥的弦乐
手指与手指之间只有水不动
远去的是你　总比一个远方更远
目送一首诗　浸入总在渐冷渐蓝的体温
雾来了　雾是夜的闸
你知道合上眼这清晨就在海里

梁晓明

中　立

厅堂中立。秋风中中立。竹林瑟瑟在山中中立。
一生苍白漫长，在海啸与种菜中
如何中立？

在笑与不笑中频频中立，看见你
我的兄弟，握手握得不重不轻
生与死之间不偏不倚

做，或者不做，或者干脆坐下
手上的工作催你前行

谁能中立写完一生的诗章？
我不行，悒悒向西
更多人走得更加混沌……

何向阳

暗　火

我听到岩石的尖叫

我看见一阵疾风在尖叫上

奔跑

我听见炭与火

密语的争辩

我触到灼热

在一片薄弱中

我看见那些四散的汉字

重又在身上慢慢

聚拢

听

你寄居的王国

谁用古老的血液

彻夜打铁

怎样的话语

如一枚闪亮的铆钉

驻扎进

这

夜的寂静

谢克强

简　陋

相对这个繁华的城市
我栖息的这个院子够简陋的
相对我栖息的这个院子
我居住的二室一厅够简陋的
相对我居住的二室一厅
我的卧室兼书房够简陋的

但相对我的卧室兼书房
我的书桌更够简陋的
简陋到只有一张纸
一支笔

还有一盏台灯和一个
沉沉的夜

曹宇翔

飞 过

隐隐听到一声声鹤鸣

从云端,从一只白鹤的传说里

滴落这山顶的翠绿草甸

与晨露在草尖,向着我们的凝望

向一轮朝阳荡漾滑动

所有的旅途都汇集于此

被一声鹤鸣所总结,所照亮

一切都变得遥远,又近在眼前

白鹤飞,飞进我们的内心

仿佛减轻了肉身的沉重

天地的澄澈已洗过了肺腑

白鹤飞,飞过我们心灵的天空

这人生邂逅之福,尘世之美

在石鼓寺,在石溪村

暮霞又掩住虫鸣的石径

北乔

高原上的野花

我来不来,你都在

天空落在高原上,一朵又一朵

摔出蓝色里的七彩

众生沉醉的脸庞

我的眼睛藏着何处

你不说,我总会找到的

娇小,让高原更狂野更辽阔

那些忧伤,随风一起流浪

你在不在,我都会来

命运只会在身后,前方永远是清晰里的茫然

故乡的姑娘,远方的你

我的家乡,现在是我无法整理的远方

一把把纸伞盛开,无处飞翔

山中小溪,村前的大河

每一滴水都有自己的故事

我的眼角,挂着你清晨的梦

高原上没有野花

格桑花,才是你的名字

龚学敏

螳 螂

粮食被农药越捆越紧,入骨髓
穿制服的农人
杀虫三千,伤粮食八百。
虫用蝗,螟,蛾,蜷,螨……的招式
一一抵挡,退至农田的衰弱处
喘息。
中招八百的粮食,把内伤固守成
粮食中的勇士。

拖大刀的螳螂,在月光下的农田中
形单影只
所到之处,天下皆寂静
农药尽是先手。

被雨靴踩成塑料薄膜的月光
铺在伤情的大地上
塑料味一波一波地漾过田野和山冈
比螳螂的刀还快。

落魄的螳螂像是欲上梁山的好汉
在沥青铺就的公路上用成语挡车
妄想起义。

收割机被农药包装的口号声越来越近
螳螂在路上拼命磨刀
直到薄成沥青的腥味,只是一举
把自己劈成了沥青。收割机的口号
浪一般,淹过整个传说中的梁山。

荣荣

感 应

在暗夜里书写的人
听到了远处入梦之人的心跳
他焦急四顾：在哪里？什么时候？
他错过了一条怎样的通道？

而那人正好惊醒　却一脸怔忪
又来了吗？那些细致磨人的日子
那些避无可避的极端事物

并且纠结
梦里耽误的航班飞向了哪里？
那个闯入者　又是谁？

杨克

以模具制造簇新的世界

从虚到实,从图纸上的点线到加工成形
模具,产品的子宫,制造的胚床
一切从想象开始,一切又吻合于现实

东莞横沥,五百年牛墟牛人汇聚
大脑随计算机飞速运转,推敲
尺度、比例、异型、结构、精度
簇新的模具是神灵造化新事物的参照
切割、冲压、规模与集成
模具,让新新人类跳动盘古与女娲的初心

牛墟在上,新一代开荒牛建仓、横联、叠加
无数的智造之芯在这里成形
它进入未来,提前催生精密的世界

孙晓娅

樱花寄语

每当想起樱絮飘落

岸柳就会垂下蔓珞

玉兰也放下棕色的高脚杯

一只花纹斑鸠停靠在山桃枝丫

倾吐忠诚和爱慕

野鸭划开解冻不久的涟漪

啜饮隔冬的相思

水面怎会接生泥土的种子

你的不解风情

前世和今生是一样的

来世看谁先破解这

含苞的蔚蓝

张开手臂,想像手指冒出叶子

芳香涌入时莲花落下

一个人竟从此怀在心里

"何时还要离开"

你周身散发出紫霞和光晕

李犁

霜 降

田里的知交们都已零落。老鼠往洞里搬运着食粮
连蟋蟀都停止了独唱,在地下铺好了冬眠的床
万物走完了一生,大地就要关闭了眼帘

人民的情绪不因霜降而低落,每个人的内心
都堆积着一个粮仓。温一杯酒吧
洗掉萝卜上的白霜,再在火上烧几只红辣椒
就热腾腾的肉汤,为丰收和就要远去的秋天干杯

这就是我的父兄,我一生都在啃食的骨肉
在他们面前我显得磨磨叽叽。包括我的诗,他们
一概觉得多余而无聊。他们霜一样透明
动作比劈木柴还准确干脆,就像现在
酒还没凉,就让公羊和母羊完成了交配
"霜降配种清明乳,赶生下时草上来。"
像文章中的闲笔,往往能露出朝代的肚皮

霜降日,把野心藏在故乡的棉被里
像有种的蛋欲孵在母鸡的怀抱

纳兰

无　题

我是一个人对旧我的
遗弃和放逐。
像蝉蜕
或壁虎断尾。
我是空的
你要经过一扇
乌有之门。
从空的事物里面
去寻找我
比如塔帐篷和深井。
你要携带流水和心灵
才可以把我填满。

车延高

胎　记

窑火读懂了泥土的心思

出炉，开片

星星提一盏月亮来，能听见天籁之音

天青色出世，汝瓷就有了自己的皮肤

历史，不再走眼

捡起一片汝瓷

就找到了宋朝的胎记

安琪

女神的礼物

每天
都有一个不睡觉的女神
连夜赶制蓝天
白云
和太阳,以便在你睁开眼睛的一瞬
接到这份
女神的礼物

吴少东

鸣叫的笼子

清晨我仰躺床上听窗外的鸟鸣
密集,悠长,脆短,叫声无序
我辨不出其中的忧伤、快乐与呼喊
似乎有三只鸟同在一个笼中

我在鸟的一声声里填充自制的疫苗
想这整个春天的遭遇与顿悟
侧身而卧时,我确定有两只笼子
一个是那几只鸟的,一个是我的

致田庄

> 透过栅栏,穿过攀绕的花枝的空档,我看见他们在打球。
>
> ——福克纳《喧哗与骚动》

我不喜欢足球

但我刚刚在朋友圈点赞了

于坚和轩辕轼轲

致马拉多纳先生的赞诗

通过赞美我能理解的赞美

我向那个我不了解的世界

致以敬意

就像有一次散步时

一只不速之球溜到了我的脚边

我抬起脚把它笨拙地踢回来处

就这样我参与了这项伟大运动

并把我羞涩而又尴尬的善意

传递给那群

正朝我这边叫喊的孩子们

蜜 汁

李云

花蕊的心思只有一根针才能

戳破　惊天秘密在黏稠的河床流动

琥珀生成的模样

千万只花魂飞舞的心跳

最后沉淀为童年眸子里天真无邪之色

多少次金翅振响催萌了季节的艳梦

金子打造的殿堂和金丝纺就的光线

从一朵花到另一朵花　谁驱动一座金山在飞

花季里的花事过敏了多少人的目光

养蜂人是被花下了蛊的人

我只守着一勺黄金

不语　听窗玻璃被嗡嗡嗡地撞响

一次两次三次……

刘起伦

深 秋

深秋,行走在大地之上,我感受

流水和风。我不拒绝秋日暖阳

常常看见头顶飘逸的白云。但我

从不试着解读其奇思妙想。看见身边

抖落叶子的银杏,像摆脱富贵的哲人,深刻中

充满思辨。在深秋,总有一种不可言说的力量

让我安静下来。更多时刻,我按捺内心喜悦

独自发呆。伫立旷野,等太阳西沉

聆听清凉的月光,证实自己

又巧妙度过人间钉是钉铆是铆的一天

雪鹰

坛头的苔藓

鸟来了,人来了
村庄来了,你始终在这里
铺了砖,就扎进砖缝
砌了石,根就伸进石底
墙上也是家,小巷更幽静
岁月的长卷,你用青绿记录
细致入微。坛头有了村落
你就是最老的村民

老先生,我向你报到

周艺文

牛

一只牛角

一只锋利的牛角向我刺来

向一个从牛背上摇大的画家的眼睛刺来

我不敢正视你

就像穿着牛皮夹克见父亲一样难受

在这前不见地后不见土的画室里

穿着牛皮鞋

甚至吃着你的肉

想象不出自牛死了后

父亲是怎样翻过那一片片沼泽地

想象不出牛一样的父亲

是如何嚼碎那一段段粗糙的日子

一根牛绳缠绕着我

将我捆在故乡的木桩上

捆得我好疼好疼

梁尔源

镜　子

人老了

虚荣心不老

年轻时喜欢在镜子中

孤芳自赏

年过半百了，总躲着那面镜子

因为它太真实

有时，对着镜子中的我

无奈地哈一口气

那苍老的脸庞立马消失

心中顿然感悟，人啊

活着就是一口气

蒋志武

日落之后

面具，地球在虚空中流浪

日落之后，雄鹰追寻高空之路

关于时间的词语

都是夜空上美丽的装饰

月亮隐现，在枯燥的湖水里被打碎

我，一个陌生人

无力剥下黄昏的外壳

一个人在飘忽不定的世界里遇到的问题

都是好问题

日落之后，山峰背面下坠的太阳

是我唯一的珠宝和心灵

稀疏的星星，将打开黑暗之门

王爱红

玻璃的裂痕

我把钢笔掉在玻璃上
玻璃的声音
比傍晚还要深入

台灯越来越亮
我伏在桌面上
抚摩这块玻璃

我的目光在玻璃上运行
秋天的玻璃,微凉的快意
我肯定这块玻璃已经出现了裂痕

我不知道,它
要在什么时候暴露出来
但是,我会牢记

就在今天下午
我写完一首诗
不慎将钢笔的钢掉在上面

安海茵

明黄色星星

长鞭子甩啊甩,
孤独的尾巴俏皮地分叉。
暮晚的破碎波光粼粼。

高腰的山巅探向旧友的枕头,
风雷之象渐成。
毛头仔还是脆嫩的头旋儿,
天篷犹自酣战明黄色星星。

小语

等候一场雪的到来

还不来？还不把你的云朵搬来？
我这里的晨曦红如烙铁
只有见到你就会连你一起熔化
化成红色的彩霞，美过初冬

张抱岩

献　诗

　　妈妈，若干年后，我们都走了

　　大地仍是如此宽阔

　　我们的后代还在使用我们的时间

　　尘世也不因我们的离开

　　而孤单悲伤

　　但我爱你的心一直活着

　　如同苍鹰爱着永恒的天空

李皓

树上的鸟窝

对于这些不结果的树木而言
鸟窝是唯一的果实

与那些没有鸟窝的树木相比
这多出来的重重的一笔
把一棵树的一生
描写得更加绘声绘色

而故乡终究是潦草的
一些探头探脑的鸟
它们无意间窥见了
村庄所有生老病死的秘密

它们居高临下的样子
多么像童年的我
向一只蚂蚁伸出了碾子一般
罪恶的食指

没有蚂蚁的村庄
一树鸟窝不比一户人家
更加寂寞

陈新文

秋夜十行

站在四十七层的顶楼

也不会显得比秋天更高

旷野里的枯木

是欧阳修的骨头

无边的寂静里

寒露似星

秋声如铜

天地形容瘦削

有风三千里

在上下句间呼啸

宫白云

白露过后

秋风像一个卷裤脚的人
走过田野。空气里溢出
新鲜稻穗的气味。
四周的秋声比告别声多了些漩涡，
它们的发生，
没有确凿的时刻。
而傍晚的金黄悬在半空。

马晓康

为陌生人而欢呼

这是一群如此丰富的心!
它们擦肩而过,像冰川那样寂静
我知道,乍起的狂风总是来自冰川内部
在记忆长河中漂流的悲欢,即将涌出
它们,将为陌生人而欢呼

雪 人

冬雁

从任何一个角度看，都是人

在漫天风雪，寂静的田野，树林

甚至于流水，长河堤

到处都是，雪人

雪把人裹起来。我不想写雪，我想写

雪的化身，用我的身体和灵魂

与一粒雪，发生真正的化学反应

我将爱上它。用我身体的温度，指甲和头发

用一把铁锹，把它堆成人形状

它就是一个，活生生的

雪人。多么美

多么美。多么美的雪人

从任何一个角度看

它都是美的——

"过于炫目的东西往往只是美好的瞬间"

它终将会在阳光下，成为一摊污水

尔后，从污水中站起来的

却是俗世中的，俗人

马端刚

暴雨前

秋只过了一半

就多了荒芜

云推移

驶进黄昏

镜头眩晕跳跃

眼眶斑斓

飘荡的日子

愿我是你的想象

没有暗疾与玫瑰

如湖的孩子

清澈透明

来不及完成的色彩

是你要的白头偕老

你有波澜起伏

雨声浓郁,蝉声微弱

人烟的秘处

天高地远

熊红

城 市

尽管你

把房子造成了音箱

我的呼唤

仍得不到回声

山野

竟是窗台上的一钵盆景

忍不住

在夜纸上写你的名字

却被一路的车流冲走

留下个偏旁

是我孤单一人

站久了,双眼

都亮出红灯

阿尔丁夫·翼人

致海子
——为纪念海子逝世 32 周年作

那是一颗年轻的心

犹如你熟读江河湖海

熟读二十四史,其中有你

难解的生死之谜,犹如

一列无序的火车,急速飞奔

在山海关与一艘抖动的诗行

迎面相撞。霎时,风吼浪啸

犹如你轻盈的身躯

触摸大地的心脏

犹如你途中的德令哈

无法抹去《亚洲铜》前行的开端

就像你的《今夜……》

午后

鹤轩

钟表滴答
母亲的呼吸均匀细密
我也躺在床上
不敢翻身,不敢眨眼
生怕弄出半点声响
惊扰了这份静谧
这个时刻,是她的
老屋是她的
就连不敢出声的我,也是她的

高建刚

夕照渐逝

夕照渐逝
我放弃了一天所有的事物

那里的风
使松树变乌云
松针落在遮阳伞上
比雨轻的雨,干爽的雨
落在心上
滋生幸福的种子

松树在天空下
伞在松树下
我在伞下

夕照渐逝
我是否能守住这永恒
或者把自己交给夜幕浮现的大海

杨献平

在仿古建筑上安家的鸟雀

互为所在,好像是真理

它们于暮晚时候

手拉手飞,灰蓝的天宇之上

上旬月的轮廓,仿佛金黄色的人世间

色泽明亮

这些鸟雀肯定是有福的

区别于远山的同类

就像现在的人、人群及其构成的世界

其中的隐喻,比现实更为消极

其实也属正常:大地如此广阔

生灵太众多

我在对面看着它们

黑黑的剪影,一次次坠落

又弹起,如此情境

由于枝蔓太多,以至于我一句话也不想说

天　窗

黄梵

当窗睁开眼，不代表它与世界和解
窗外的铃声跳上床，与我相拥入眠
它不是我想尝试的心烦意乱
我的梦，也不需要铃声来解释

我常猜不出天气的真正意图
一不留神，乌云就盯上我的窗口
成群结队的雨，悄然入室
给地板大叔洗澡，当地板长出一层光亮的皮肤
我忧心，是地板大叔变性了吗？

我感激发明窗户的人
每天开窗关窗的劳作，在治疗我的虚无
关窗，是不让孤独蔓延出去
是不让蜡烛的火焰，被风吹瘦
是不让落叶猜出我在怀念谁

某天，我被半夜的雨惊醒
我被梦扶着，走向窗口
看见窗玻璃像一个观众，泪流满面
我感动于——雨在玻璃上跳着拉丁舞
只有屋顶爷爷，为它鼓掌

胡茗茗

第十八天：告别之诗

"当一辆车告别天际，当一艘船告别海底
当一个人成了谜"，我听到轰鸣

在轰鸣里我步步告退
——爱着的烦着的你们
一步步告别——来过、记得、负责的世界
我将带着他们画上句号。"一个不漏"
这是今天大喇叭里的口号，何尝不是
我们的一生，用每一口气
深刻的温柔的受伤的——说吧

谢谢你也谢谢他，她，是时候了
此时我充满告别之心，晚安之心
回头看见，忽远忽近，天上地下
——谁的目光，是幸福感是保护色

数一数手指，大寒过后，不久立春
立春，人人有绿色健康码
"耕牛满地走"，想想就兴奋

立春，是广陵散，是一斛珠
是处方药，也是疫苗

微笑的人儿出入自如

每一天都重要，每个人都重要

这一天藏得有点深

谚语里到处都是隐喻

立春，"黎明即起，洒扫庭除"

接下来储存雨水，待惊蛰过后

主妇们就开始翻晒了

施浩

海

我居在海边

却与海隔得很远

我看不清海平面以下的事物

我听不懂浪花与沙滩的细语

海是无边的

海是无穷的

海是包容的

海不是海

海是我的归宿

我远离故土

远离城市生活

远离尘嚣

在海的领域建设另一世界

有时候我想

就这样亮闪闪地跳进海里

亮闪闪地拥抱鱼群

我想与它们共享行走的自由

共享无间交集之时

互不伤害的快乐

阅读海底世界繁华

轻易融入她们生活

一副扑克牌

罗鹿鸣

一副扑克牌

安静地躺在这里或那里

窗台　床头　或抽屉

在这些临时的安身之所

等一只手的到来

如果没有一只手来

就做着黑红梅方的梦

梦着春夏秋冬

一旦有一只手来打破寂寞

这些码放整齐的字词

开始组装各种筹码

将贪婪与快乐堆积如山

在被对手琢磨的同时

随时准备奋勇一击

常常希望出其不意

打一个措手不及

山体开始塌方

堰塞湖正在形成

平　静

胡翠南

凝视湖面时眼神平静

四肢敞开在草地看天空时肉体平静

饮茶时血液平静

雨天打伞，伞下那方寸之间平静

今晚父亲再次来到梦境

就连颤抖也是平静的

他告诉我，唯有平静是世间良药

唯有平静的泪水可以清澈见底

叶德庆

掠　过

姿态再低一点

低于草芦

仅仅够掠过水面

那么一点露出水面的朽木

成了你的立足之地

天空更低

沉入水底

林中藏着上山的路

有高枝可栖

一只鸟

觅食落在低处的食物

收起翅膀

不需要任何折服

宝蘭

我靠着一棵树

天地都睁大眼睛
我为了一棵树
而冷落了成片的山

山上的野花太多
吸引众多不请自来的人
有些人　不为看花
只为遇见看花的人

我对这棵树情有独钟
我背靠着树
发现那些小花长出脚
正一步步走近我
原来小花也爱重情的人

无意间明白　如果有足够的时间和诚意
你不用去看花　那些花会来看你

李之平

瓷器观察

釉质是分布眼神的主要功能
被它吸引
长时间地看
历史，人物，情境便生动起来

百年，千年，
缠绕在它们脖颈的蜿蜒曲折
形态的魅力孤注一掷
拿捏观赏者的形态
彼此不能割舍

只是说得比做得多
被最深的幻觉引诱，
突然就失去了方向
迷困在曲线消失处

瓶子或壶的肚腩
摆放足够多的宽容
日子好过点时，写信给家人：
余生安好
但求无扰。

罗秋红

黑夜是饱满的

时间的玫瑰把它抛到
玻璃之外,它在广阔的
夜里,与露珠同道
以水的姿态读万物:
读落叶的印章,
读石头的脊梁
读旧年的坚果
也读隐秘处那几点渔火。

害怕渔火飘走,黑夜把自己
变成蜘蛛,躲到墙角边,
寻觅感官里的雨巷迷宫。
此刻,黑夜在雨巷的迷宫里
咯咯咯笑着,它的笑容
也是饱满的。

鹏子

光和一个黑点

闭上眼，我看到一道光、一个黑点
不停地沿着峭壁
往上爬
如履平地，仿佛峭壁是平躺着的

我知道不远处是星辰的故乡
辽阔的天宇
很庞大。深不可测的远方，可以摸到它
硬朗的骨头
森林中的鸟鸣，也在用力地向峰顶上跑
捷径的台阶，被黑暗掩埋

此刻，眼角的下午阳光灿烂
读书的目光里
掠过一辆尖叫的车辆，及缓慢的人群。
白云的过客，正赶往夕阳的宴席

其实，我正在准备一份水墨的会议
一条宏伟的瀑布
开始了演讲。一旁的山道和松针
还在准备内容
春天走了，黑夜的长度短了三十里

当我睁开眼,再次看见那道光、那个黑点

还在往上爬,只是不见了峭壁。

平躺着的

是我画案上的一条镇纸,不锈钢的模样

让一叶帆影,有了固定的身份

周石星

传 记

记忆是一颗生锈的钉子
扎在时间的眼中。看见
所有的河流,在转弯处
试图回头。命运的引力
谁能抗拒,谁能摆脱

一路的挣扎,一生的痛苦
正确的方向,错误的道路
忏悔的罪,谁能饶过?
不是源于随心所欲
而是因为别无选择

捆绑在大地之上的水
永远无法完成自己的传记
弃置在风中的铁,张开牙齿
咬开一片天空

王跃强

梅溪夜

银河是长诗,星子如小令

站在梅溪边

忧伤里暗香浮动,她成为我句子里的小横枝

我曾想斩杀痛苦,劈开落日

送她远行

可现在想来错了,错在我忘了爱情

并非海誓山盟,月白风清

错在我

未能看见落日的背上有雪,正在融化

哦,灯像公鸡叫了

她是巫山一段云,又飘入

我的梦境

曾纪虎

一日长于百年

白衣的溪流上一件小小的航行器

黑蚂蚁缩在花朵的深处

我们觉得浑身不自在

小孩趴在草丛中向下看

光的面上映着天空，几张脏脸于水中隐动

偷牛贼们正从远处奔来

在某个不起眼的地方

青椒睡过了头，它们

要在整个夜里看尖角的星星

缩在房子里的人是甜美的人哪

他们有妻子、篱墙；四处乱跑的小人儿

在惊讶中又碰坏了暮色的细肩

汤红辉

干瘪橘子是屈原标准的瘦削长脸

陡岭路两边栽满了橘树
黄色橘子在初冬的枝头独醒
无人采摘

早几日去拜屈子祠
一群着古装的孩子在朗诵屈原的代表作
而整个屈子书院也找不到一棵橘树

其实屈原只在五月的水域安睡
龙舟的木桨和粽子击水的声音
是楚国宫廷奏乐
大多数时间他在结满橘子的云端

罗晖

黄昏的颜色

事实上　整个晚秋

我都没有在意黄昏的颜色

我的体内有一种焦灼在蔓延

我害怕黄昏的到来

这意味着黑暗无边

会把光亮撕成碎片

罪恶就会滋长

黄昏终于来临

黯淡的颜色越来越深

透露出一种不安

许多事物变得模糊不清

甚至消失

在这个暮晚

我的背影却开始形成

孤独　安详　默默无闻

睁开眼睛

却也孤掌难鸣

黑暗的颜色在加重

但我的心境安静下来

除了思念　爱慕

就是躲在门后

把逼近我的危险驱散

柳苏

一场大雪过后

那些没学会储备的麻雀

一场大雪之后

变得愈加少依无靠

圆锥状的嘴,锐利的爪子

生就啄刨取食的命

离开土地,就等于断了活路

清洁工人前脚扫出锅大一片地来

麻雀后脚密密匝匝落了一层

有人推窗倒出半杯茶梗

喘气功夫,围去无数饥饿的小眼睛

再平静的生活

也能生出一些疼痛

可怜啊,这些翅膀短小的麻雀不宜远飞

只会在生息的地界上跳跃觅食

手里的一把把米撒出之后

我忽然觉得自己的解救力多么微弱

彭永征

离开时

离开时心情阴郁

梯子翻转成上坡

我在恋人谷没有遇到今生的灾难

但遇到了来生的灾难

踩在我身上向上爬行的石梯子

在我的梦中反复出现

它是一条和我的命运纠缠不清的蛇

刘艳芹

我的对面有一把空椅子

秋已至此
该落下的都落下了

除了火红的柿子
还在远山的枝头上
垂吊着纷纷扰扰的日子

除了日子里
殷殷流淌的期盼
依然铭镌着，百年橡树的手势

不落的还有太阳
它的光芒，照射着
我对面的一把空椅子

我细细地打量了它一番
并尝试着，像它一样
将生活倒空，也将自己倒空
还世界本来的清净

黄鹂

舞台剧

打开门,月光进来
打开窗,海水进来
她把它们带了进来
那个人慌起来
风吹过院子

快快用一支铅笔画出来
嘘嘘嘘,轻点声
隔窗的耳朵支棱起来

灯光、舞台、音乐
用心去听,那是火车在枕木上远去
仔细去看,枫林下的故事正在吟诵
墨的海,白的月,她和他的秘密
呀,咱们快点躲起来
你我要有默契
一会儿
一起把那三个字喊出来

崔荣德

我羡慕

我羡慕那些从木头里

掏出火焰的人,我羡慕

那些从粗布里抖落黄金

和钻石的人

我羡慕沙漠长出绿洲

我羡慕小草庇护蚂蚁

它们的卑微摧毁那些所谓的

高贵,我羡慕尘埃

它让整个世界灯火通明

我羡慕一切值得羡慕的

事物,包括我自己

许浒传

女儿的诗

女儿说——
毛毛虫的口罩是片叶子
蝴蝶的口罩是个花瓣
长颈鹿的口罩
是朵白云

这个冬天我不写诗
也不卖口罩

王亚明

想起向日葵

有很多年

没见过向日葵了

也不知道

子夜里的向日葵

是个什么样子

书上说

向日葵早朝东晚朝西

不是真的

我一直没有

对不知者

道出这个秘密

那位叫凡·高的荷兰人

画向日葵

是为了雪耻

我不忍心去欣赏他的画

怕从葵花的叶脉上

看到他从耳朵喷出的血迹

以现在的心情揣测

月光下的向日葵

一定很别致

除了色彩之外

不会有人涂抹其他意义

今夜我躺在

没有向日葵的地方

等待能与某朵向日葵

一起沉思

温青

停下体内的那列火车

这草原到了秋天
这土地上的太阳要盖上云彩
那列从童年开来的火车
你先停下来

有一条铁轨脱离了大地
一到中年便踉跄起来
那转弯的膝盖
也有了破损，回身便是伤害

所有的远方你都不要去了
在肢体的末端
已经长成了
一个处处意外的世界

周朝

黄鹤楼，在时间的翅膀之上

有诗词为证　此地空余黄鹤楼　还真是

在山脚必经的入口　或者盘桓通幽之地

被遗落的雕塑　引颈　凝望　寂寞朝向雨季

人们似懂非懂　来来往往　像滑过的时间的翅膀

岂止故人不再　山水变迁　矶沚湮灭

一千八百年的书页犹显单薄

终究承负不起酒肆茶坊　圣迹仙踪　抑或乱世烽烟

由守戍到远眺　到商旅墨客　到游必于是

人说国运昌则楼运盛

抛却千山万水　我以足够的媲美之心拾级而上

读夏口故城　读萋萋芳草

读"青山万古长如旧　黄鹤何年去不归"

站在五层楼台的一角往下看　往远处看

脚下是喧嚣　细雨　以及低微的万物

目力所及　是一带江水　半座城池

又一个落满梅花的五月降下帷幕

诗人咏叹　转身　惟留不忍离去的诗词歌赋

在风中　在寥廓的释义中　成为若隐若现的帆影

开垦

王忆

像闷进了湖底

屏住一口气

终于冒出了尖

深深地吐出长达半世纪

或许更久的一口气

空气新鲜是因为

感受到时间还鲜活着

燕子在这个冬天是否飞得到

向往的南方

也许南方此刻正飘舞鹅毛大雪

也许它的目的地并非都是四季如春

也许闷在湖底的时候

我在思考：待冒出尖时

眼前的光景或许

是时候开垦另一片陆地

廖志理

瀑布口

天空已经收窄

众生仍在奔逃

耳边飞溅出　冒死的呼叫

不要惊慌

那仅仅是　已在归途的我

紧了紧怀中的巨石

田人

星星隐没

在梅湾路,那一树樱花仿佛我倾神仰望的满天星星
我长久以来的黝黑之心被它柔情地抚慰
在梅湾路我搂住它的腰身在晨曦照耀中痛苦隐没

萧刈

嘉陵江

在雨幕里练习温酒，煮出炊烟
蓑衣和簸箕，浮现一些古旧的什物
用江水衬托起自由的风声，那是幼年
怯懦的身形，木筏就此一生飘荡

逆流，最后的桀骜也许陡然跌落
然而四野的流水不会无辜，峡山以外
滑翔而下的鱼子，错爱过多少人
会哭的眼睛，这注定是一场空洞的抒情

暗夜里葬礼上的歌声，蘸满蜂蜜的
毒液，我们约定从这杯酒以后
开始醉生，接着梦死
然后学着父亲，轻轻地哼唱：

"朝花夕拾杯中酒，寂寞的人——
在风雨后"，那黑白而又璀璨的
爱情，而披上锅灰和袈裟以后
疼痛使人宽谅，使人无休止地消沉

当一截流水，最后成长为波痕
就这样用身体冲撞着，缙云山雨的黏稠

虏获一些睡意，踉跄着走向末路
丛生的桷树也曾恨过，她们盘根错节

想象北京路上，正码头的身边
我们借着两杯小酒，谈起良心和面包
那些易于变质的事物，而江水已然沉默：
"人就是个总想说自己痛苦的东西"

张凯成

大地的词

不愿说出
就饮尽紧跟而来的沉默

此时,大地上的词
积聚成石头的重量
阅读着庭院中的风景

词走过后,留下炸裂的晴
词已静默,攫去了语言的脊骨

雾

徐汉洲

谁穿着白纱裙

在这浅浅的山峦间

飘逸,一股清香

错落有致地

在平和的峡谷中散布

时值四月,映山红拥簇着

点燃大片鲜艳

在薄雾的袅绕中

愈发端庄和含蓄

这些雾已成规律

每天生起,他们

飘海而来,或从天而降

绘制着千篇一律的蜃楼

清晨观雾,心揣糊涂

让自己淹没于

浓厚而轻盈的迷茫

看自己在一团团白云间

四处碰壁

施展

河边即景

一声　两声
河水冲刷着石块
老妇敲打着衣物
她身上穿的褴褛衣衫
和手上漂洗的精致服装
反差甚大
于是　河流成了一面哈哈镜

卖力敲打衣服的闷哼
却藏不住心里喜悦
嘴里不时哼的小曲儿
那是首童谣
仿佛有一个男孩
坐在她身旁
听她轻轻吟唱

隔壁的大婶路过
问老妇人，这次儿子回家待多久
她摇摇头
笑着回应
"只要回来见见我就好"
河边的风总是很大

硬是把老妇人的白发吹散

许久

河边安静了

没有了木棒的敲打声

一只正在抱窝的雌鸟

看向了河边

那河边道路上

一个老妇人

提着洗干净的衣物

往家走去

雁西

你的时间就是你的时间

今天多云，也多雨，还不时有阳光

只有在这里，你才会理解

时间的意义在于什么

空气，草地，花朵。举杯，唱歌，

读诗，拉小提琴

最美的清晨鸟鸣，田野，树林，大山

迎风而舞的竹子

她们多么地了解你

你把你的时间留在这里

渴望消逝了

不再需要更多

对与错都成为过去

在微信跟爱过的人打个招呼

给不相识的人点个赞

写下世间的诗句

没有遗憾

站在风中，与安静相约

你的时间就是你的时间，跟别人的

时间没有关系

鲁子

猫　咪

它在梁上行走，巡视"国土"，
我像个臣民，恭敬地献上鱼。
它跨越物种的界限，接过
我递上的握手：以至于我
这个人类，都乐成了狗。
此时它，蜷缩在禅房花木上，
做着只属于它的皇天白日梦。
猫咪啊，你说，我要怎样才能
参与到你的猫咪人生中？你
拟人的叫春，让不孕不育者
有了熊心、豹子胆。

贺子飞

火星镇

从火车站出来，右转

到达火星镇

鱼贯似的人群往右

有着倦鸟归巢的安静

一幢幢旧式民居的格子窗里

有人点亮昏黄的灯火

我的先生来自其中

那时他年少，穿着白球鞋

跑过大江南北

如今，被孩子拽着

去卖糖油粑粑的巷口

带着一身糖渍回家

通往火星镇的路，有一道

需要用力扭转的阀门

早年，因为修火车站

人们迁居而来

所有通往火车站的路

都急切地敞开

再敞开

只有火星镇，拧紧

再拧紧

彭戈

我就是一块石头

日常堆积成时间的大山，长满参天大树

仍然一无所获

在这白驹过隙的人间，万物生长

我就是一块石头

自然天成

有时真不想坚硬如铁，锋芒如刀刃

割开事物的核，找到内在的东西

更不想散开如细沙，铺成道路

失去原有的光泽。

石头就是本质，有着冷峻的外壳

锋利的棱角

内心柔软的那部分

皆被忽略

第五辑
沉思写作

余笑忠

连日雾霾中读托卡尔丘克《云游》

聪明人说,不要和夜晚赛跑

是的,如果面壁胜于一日所见

聪明人又说,可以和夜晚赛跑

在梦里

是的,在梦里抬头就是蓝天

碧空如洗

你不在云端,也不在

石头落下之处

你在自由地呼吸

是的。但你如何保证

做梦的你不是小蝌蚪

目近于盲,曳尾于泥

对一切险境一无所知?

姚辉

野百合

在我阳台上长了三年
三种荣枯　三种重复的花色
三次凋零前相似的黯淡
及卷曲

三种提示：原野的不可复制性
经由百合得以修改——你的沉默
灰暗　超越一部分原野

风可以通过按键予以调控
而花必须在恒定的时刻开放
平凡的瓣　将一些虹影
折叠成风的往事　风
还能具备多少往事？

风可以通过描画　实现
对远方的启蒙性

一只鸟　在窗外
盘旋　它想在百合微曲的芳香中
找到某种恒久的嘱咐

它们　似曾相识

彭惊宇

和布克赛尔

子夜列车驶向和布克赛尔
一颗高远的吉星，在梦中熠熠闪烁

和布克赛尔，暗色天穹下
一条月光粼粼的河，梅花鹿群
头举雄性枝角，踢踏着轻轻走过

赛尔群山，隆起宽厚的马背
一阵自由飘荡的风，吹拂它温情的鬣鬃

那仁和布克草原，阿吾斯奇草原
哈孜克草原，青青牧野撒遍牛羊马骆

阿勒泰圣山隐约泛着富丽的金光
人间天堂——宝木巴，马头琴在夜夜弹唱

我仿佛看见：江格尔汗跨上神骏
——阿兰扎尔，像不朽的火云腾空奔驰

远人

北方的阳光

北方有更蓝的天空

阳光从更高的地方落下

刷白每株杨树顶端的树叶

在我乘坐的大巴玻璃窗外

我数了数,有十万枚叶片迎风

我感觉我能听到它们的声音

我经过四小时飞行的疲倦消失了

我凝望着一层比一层更密的树叶

很像一条河在天空流淌

大巴里很少有人说话

我倚着窗,始终看着杨树,看着天空

看着曾在一万首诗里出现过的北方

终于在我肩头停落

它扑动的翅膀,正向着无穷展开

落 日

阎志

厚厚的云层渐渐退去

没有海鸥的海岸

瀑布扑面而来

岩浆与人类似乎同时在酝酿

一次相遇

一次迸发

山谷中油珈树生长茂盛

因为燃烧的溶浆刚刚经过

也许万物如此

有生长就有消融

有相逢就有告别

曲折的海岸线

丰收的大地也掩盖不了

落日尽处

火把高擎

梦天岚

积雪的山顶

仅有的歌,被风反复嘶吼
可狂舞的白发不是时间
是接近神明时必须领受的高寒

闪电会在某个恰当的时刻出现——
用一秒钟,或者比一秒钟稍长

犹同一个摄影师按下快门
他以为位置正好,按下了永恒

积雪在山顶上喘息
让看见的人继续想起那些——
来不及篡改的瞬间

只有不倦于奔跑的人
或许会有曾经的暖春
在余生中重现

芦苇岸

我爱苍茫辽阔

月照青山。每片叶子的光斑

都压着虫鸣

天空亲吻绿水。萤火永恒

唐晴

母子情

秋草枯了,西北风呼呼地刮着
寒露泛着锋利的光将大地覆盖
我们头顶绚丽的梦,远走他乡
迷失于地铁、高架桥以及
蛛网般的街道。这个城市千疮百孔
请赐我一个怀抱
让所有的苍老与凋零
为暖暖的霞光普照

敬丹樱

静　物

煮花生一小袋一小袋

在背篓里堆成山峦。头顶暗绿的花穗

老人守着他的背篓

蹲在工行旁边高大的构树下

花穗在风中掉了一地,构树结出毛茸茸的小青果

老人从不叫卖,买主从未停留

后来鲜红的浆果灯笼般挂满枝头

再后来果子也掉了

只有叶子不厌其烦地绿着,只有老人不厌其烦地等着

路过工行红星中路支行

如果留意些,你会发现构树下的背篓

根须密集

有几根已经

缠上老人的小腿

周占林

小草和我清谈

也只有在花山
我才能静下心来
坐在阳光的明媚之上
听小草和我来一场
与"学"有关的清谈

不必考究物种的不同
在这里只讲博学与缜密
跳动的词语
就像山溪里的石头
秩序井然且充满哲理

我是一个合格的听众
把清谈的身份剥离
其实这也是一种磨炼
回头,寒窟泉水顿悟

花开时节

罗广才

这是停下来的时光
与她对坐,有不厌的美

目光会洞穿时光
所以她坚持在四季花开又花落

本是瘦弱的纤细的缓慢的
最后绽放的是她繁复的耐心

繁花醒目得像发黄的旧报纸
自己抱紧自己

这是生活的鸿沟
这是尊崇于心的热情和歉意

应文浩

黄　昏

河面暗自羞涩

对岸，皮影人沿河埂穿越

镜前人看清了

张望的脸

河滩系野生的

你闻闻自己，闻闻滩上的植物

便同意做滩地的顶点

有一阵

你是这一片时间的主人

寂静开花

宛如一年蓬白色的花

星星般，又层层叠叠

闪着光向你簇拥

又仿佛

你是今晚的月亮

周围尽是想做星星的人

韩庆成

太阳河

我想到了太阳

想到太阳的光芒

想到光芒之下的阴影

我想到了河

小河，大河，更大的河

——那应该就是长江了

我的家乡离长江不远

家乡的小河大河，都流进了长江

在太阳的光芒之下

河水把光芒，反射到两岸

把阴影　留在水底

我见过一条名叫太阳的河流

它把自己

流向了大海

齐冬平

大雪是一枚糖衣

雪把一切都覆盖了
白衣素裹　雪飘摇
是时候向北方进发
着一身彩色　招摇

坐在豫园房舍之间
不远处　硕大的白衣
包裹着甜美的大白兔
炫着南国的呢喃
掀动北方白雪的凛冽

躲进大白兔的白衣里
不够寒冷不够纯洁
挣扎着　赤身扑进
纯朴的雪的世界
一座冰雕诞生

祥和地向外打量
和自己熟悉的生命体
一个个拱手相念

陈惠芳

搬不动的石头

尖山湖为什么有这么多石头？
长沙的好多公园都没有这么多
你问我，我准备去问石头

也许，这个地方本来就长石头
石头都是从土里长出来的，像笋
石头也有壳，被风雨一层一层剥掉了
也许，这些石头都是从山上滚下来的
亿万年前的地壳运动，想起来都惊天动地

石头沿着湖，摆了一层坚硬的花边
母亲纳鞋底的时候，也是这样的针线活
儿子穿着母亲做的鞋，走了四方
也走到了石头的堆积处
尖山湖，一脚踩实了
就站在这里不动了

你想搬动那块石头
那块石头被架空，给了你机会
但你搬不动，一百个你也搬不动
石头就是从土里长出来的，也有根

肖歌

父字如面

坚强吾儿

父字如面

父亲给我写过一封家书

唯一的一封家书

也是父亲留给我唯一的念想

那是我刚出远门求学的那一年

时间是公元 1979 年 9 月 6 日

父亲的忌日是

1985 年 4 月 21 日

父亲把慈爱藏在严肃的文字里

想父亲的时候拿出来读读

父字如面

每次都读得我泪流满面

刘鸿伏

走着走着

岁月,走着走着就丢了

亲近的人,走着走着就散了

命运奇袭了一块玻璃

只一秒,就碎落满地

但每一块碎片

把人间映照得如此完美

欧阳斌

茅　屋

必须是茅屋，必须是我五十年前住过的那种茅屋

甚至，就是它们的原样

必须将屋安放在山上

山，必须是我故乡石牛峰那种

连连绵绵，坦坦荡荡，无拘无束

牛也最好是我五十年前放牧过的那一头

除了不用将那年过半百的老者

复制成一个懵懂少年

其他，能复制尽量复制，山、水、明月、乡音、犬吠……

王长征

小 雪

有朦胧的雨

就该有朦胧的雪

从夜空簌簌漫游到我的窗台

她的脚步细碎

藏着久违的心事

充盈着香甜的笑声

沿着深邃的目光

走进纷扬荡漾的梦中

在我的指尖跳跃

融化、淡去

恍惚化作长长的泪滴

灯光照耀她裸露的肌肤

亮白、闪烁,漫游于夜色

没有来处,也不知往何处去

随着风的呼吸

在楼群间飘摇

这安静的夜呀

笼罩在漫天碎白的伤痛中

杜华

我的爷爷是木匠

每年一次

村庄里的有钱人

会来接他去做上门工

爷爷的榫卯之术,极为高明

他做摇篮,婴儿不哭

他做粮仓,管全家人吃饱

他打船,出行四季平安

他做雕花床,一夜睡到大天光

最后做的那张

里里外外严扣密合

沉得八个人才能抬起

爷爷睡在里面

一夜又一夜

直到现在还没醒过来

江心屿

是它邀请了我

一座从唐朝而来的孤岛

浑浊的瓯江无法洗灌我

比小岛还要孤独的脚步

在浩然楼　我遭遇了一场内心的火灾

它比江水更加泛滥，也许我原本拥有的

只是半亩桑田

深秋的岛屿早已落满寒意

像是置于利刃之上的一份情感

我无需寻求彼岸

只有灵魂在江心屿的石阶上徘徊

像一次生命的逃逸

龚学明

一 瞬

窗外阳光明亮
自然中有太多的光
爸爸,你正向我走来

哦,年轻的妈妈
你在拼命挥手,追着
尘土飞扬中的老汽车,和我

那个唱歌让我抽泣的歌手是诗人
饭米粒就这样噎住了我
我如此委屈——时间

爸爸在走来,我们都已看见
妈妈,爸爸回来了
我们的家贫穷而温暖

我找到毛巾擦去眼泪
可心痛的感觉仍在翻涌
思念何用,这空空的爱和房间

月光雨荷

火车上

或许,火车只是个隐喻
真正穿行在黑夜里的,是我

轰隆隆,轰隆隆……
火车硬卧车厢,我擦拭手边的窗玻璃
僵硬的身体里
金石声声

仿佛在童年的五谷里穿行
田野、小溪、果园是坦途
过去、现在、未来,一道风沙的河流

青草脱去了水分
而星星,也在我的数数声中
一睡不醒,一醒
又不睡

赵婧

午夜的粥

午夜开始

围着热腾腾的砂锅粥宵夜

衬托大城市放松下来倦怠的呼吸

蹦蹦跳跳

啤酒色子女孩子白嫩的肌肤

一桌一桌在我的四周

闹哄哄逼我承认

快乐

就是在一个夜晚的风中喝粥

所有南方的男男女女

坚硬的稀粥撑起的不仅仅是夜晚

更有优渥的生活

放松的时候

也是最有力量的时候

深圳以一种很诚实的态度

诠释深刻

哑君

门，或者门里门外

有的门
总是敞着
却见不到人影

有的门
长期关着
却总有敲门声

而那半掩的门
似乎有人
又似乎没有人

费新乾

雪夜归

雪籽含着苞
随暮色开成雪花
由雪花织成的夜
一点点赶上我的脚步

从小镇到家的长征
让我从少年走到白头
路过无数村庄
没有一盏灯火为我亮起

只有夜裹着我
只有雪抱紧我
当她们一松手
天空就点亮一盏明月

雪夜长征终于结束
我却迟迟不敢敲门
怕爸妈认不出老儿子
更怕无人来应

万辉华

鸟擦亮天空

那些光秃秃的枝丫

被鸟的叫声镀上一层新绿

鸟从树枝窜到水面

把淡白的水染绿

它不甘这么低飞 它要拥抱天空

在天空上表演特技

把廖旷的天空擦亮

擦成春天的颜色

影 子

周栗

烈日下的体检
炙烤中年的腻烦
扫描内心的晦暗

拉长的影子
时而左右摇晃
时而踯躅不前

影子从来不会真正逃离你
跟随它,追逐它
影子成了我们的主人

烈日——悬在天空的
一面面镜子,见证
你和影子的相遇

影子的一生
在秘密向你倾吐着
惊人的沉默

李浔

没有年代的肺腑之言

如果你真想听懂四季
后院的小白菜就有肺腑之言
它用一半的叶子,给了也想成长的蚜虫
用另一半叶子证明了人为的叶绿素

如果你真想再说一次心里话
那么稻堆上的星星就不会变老
天荒地老的还有时间,在每一次希望里
领略了唯有露水在透彻中一次次消失

醉春烟

张斐

这世间已无可割之物
镰别在墙上
已锈蚀
仍保持着刀的结构

当蝉飞到树梢
它必须弯向更低处
偏西的太阳照向深渊
欶欶的声音在它体内响起

在它错过的时日,草色无涯
有一千种方式毁灭它
却没有一种方式遗忘它

超侠

父亲的声音

电话那头,是久远和苍老
的声音
我漫不经心,只想挂掉
但一起一伏,脉动里连着痛
爸爸说,过年早点回家
鸡枞和香肠给你准备好了

我的躁动停止,鼻中发酸
就像迷失在森林里的大象
强忍泪水,告诉爸爸
我很好,一切都很好

相对无言里,听到爸爸轻微的叹息
即便我是你的骄傲,却连面都见不着
沉重从电灯里落下,在肩膀上跳
时间在十秒里,暂停
我说,我还在和朋友吃饭,晚上再联系

我粗暴地挂断,回到桌上
而泪已潸然,用酒给自己一个耳光
原来,我是多么希望听到父亲的声音啊

田晓华

秋天的河流

秋天的河流,是来自于夏季的河
秋天的河流,是去往冬天的河流
波光粼粼。可今天他与往日不同
怎么看他都像是个哭泣中的孩子

易飞

余温散尽

那一年的冬天很暖

雪总是下不下来

我赶到家里的时候

天黑得像锅底。可是后半夜

起了风,悄悄飘起了雪花

我知道这是给父亲的献礼

洁白的雪花

在熏黑的煤油灯旁飞舞

油灯忽明忽暗

我捏着父亲的手,余温已散尽

一片片雪花落在父亲的脸上

再也不能融化

我自此知道

春天不会来了

李冬平

十月一日回乡看父母

比人还高,那群茅草相拥而卧,铺成时间的软毯
满眼的绿盖住了坟场的孤寂,无路可寻

父母的坟碑沧桑着探出头,望向我
两棵高大的木子树,慈祥地站在村头

唤儿的声音,如黄河奔涌
田间地头,久久回荡着广袤的期许

十年不曾回乡的路,若一根长长的稻草绳缠绕着我
艾蒿蔓生,负疚感和着雨水,在泥泞中愈陷愈深

恍然间,一条大青蛇从脚下呼啸而过,似闪电劈空
原来,生和死之间,就一条蛇的距离

张随

清　明

我的孩子在乡野的山岭间撒欢
他的脚步在亲人们膝间画一幅迷宫

这么多亲人已经死去,膝与膝这么拥挤
我的孩子的脚步,却并不逼仄,而是轻松自如
像嫩芽在老树上生发一样自如啊——

死去的亲人们在这山乡野岭将永远相聚
活着的亲人们在此一年相聚一次
过一会儿就要滚落在外,遍地都是

避雨的羊

凤鸣

去神龙溪时
一群小羊散落在
斜坡上吃草
返回时
暴雨如注
小羊们一字排开
而不是像我们
咩咩叫着挤作一团
它们站在峭壁下
观望甲板上狼狈不堪的我们
都快湿透了

北琪

夜半时分的一声鸟鸣

我猜想它来自深秋的旷野
一棵高大的白杨树
一只乌鸦
或者猫头鹰

听到这一声鸣叫的乡村更加寂静
在城市，睡梦中的人们被惊醒
神经衰弱患者拧开了他的药瓶
谁也无法预料将有什么意外发生

此刻的月光，不动声色
羌城村走出那些厂房的包围
缓缓向前移动。鸟鸣声
只静止了片刻，又重新响起
把无边的夜色提上了半空

蜘蛛

林萧

我还苟活于世上
蜘蛛已爬上头顶
准备在我身上吐丝 织网

蛛丝是银制 抑或铜制
这些并非重要的情节
当我说出：嗨，你好
蜘蛛先是愣了一会儿
接着继续忙碌 它计划
织一张布满我身体的网

当我再次说出：蜘蛛——
一只飞蛾堵住了我的嘴
蜘蛛被蛛丝缠绕而死
我成了另一只蜘蛛

尾生　　**神秘伴随着诗**

世界
像一个巨大的塞子
堵住了启示的水源
让我的灵魂枯干

那渴的必然命运
仿佛一个炎热的夏天
理性的炭火，熊熊燃烧
在你的大脑里面

神秘伴随着诗
开始隐遁的地方
主动的沙漠逐渐蔓延
还有心灵那无言的苦难

冷杉

关于爱

实事求是地说,爱
并未使我高尚
当我被拒之门外时
我竭尽全力——
想打开它

这时候,爱在使劲
我只是忍住了更多

插 秧

毛一民

父亲带我插秧

我们向前躬着的身体

对土地膜拜的姿势千篇一律

夏日午阳,照着后脑壳

照着我们快要扑倒的后背

阳光举着一条鞭子

赶我缓缓倒退

我们向后退着前进

最后被绿色的秧苗

逼得无路可走

我看到父亲表情肃穆

他把最后一蔸秧苗

恭恭敬敬插入收尾的田角

眼眶泪水与汗水交融

只有这样

才能表达他对大地的敬畏

宁延达

清晨剧场

一只麻雀在树梢尽情地鸣叫

当它突然发现了树下的我　立刻害羞地窜到更上边的树枝上

我看见它脸红了

但它见我并无嘲讽之意　便又唧唧叫了起来

这次它有点示威　有点自鸣得意

其实我是自责的　因我的出现

使它的歌声中断

当然　假如没有我这个观众的加入

人类哪里知道

一只鸟已完美地完成了一次演出

偶　感

柒岳

有一种鱼

在沙漠里

进化了

好几个世纪

深睡

在泥土里

等待着

雨季

海城

冬晨记

清晨所辖的窗外

一群麻雀小朋友

爆出一阵阵叽喳之鸣

它们身体里的每个细胞

灌满了晨光的浆汁

我的余梦被打破

但这美好的叨扰是诚实的

我,一位慵懒的邻居

没有理由指责它们的天性

相反从激越的音调里

听出与新的一天,热恋的态度

阳光轻叩着铝金窗

我和麻雀们之间

似乎有超验的联系

晨声在扩大

白昼的旨意正形成绚幻的漩涡

我对生活的疑问

无论源自何处,此刻均停止飞翔

东来

空房子

空空的房子啥都没有

只有空空的墙壁,和微尘荡起的风

空空的房子啥都没有

只有窗外的阳光,和穿透玻璃

躺在地上、死去的光阴

空空的房子啥都没有

只有一张空荡荡的小床

床上有 20 世纪的花被

和花被下风干的肉体

空空的房屋空荡荡的小床

上面有目光和唇印

颤抖的小床发出颤悠悠的摇晃

上面,有霍乱时期的爱情……

戴逢春

黑与白

我习惯夜晚写诗

不去开灯

对于我来说,只是

不愿暴露自己白天的影子

一动不动的黑

像藏起来的手

另一只手,却无法

安置黑夜的富有与荒芜

灯下,我不停地把诗句留白

有意拓展诗性的黑色空间

一次次,把黑藏在我的诗意里

我喜欢黑与白,明与暗的断层

喜欢从黑暗外面走入自己明亮的书屋

你明亮的眼神

看到的世界也清亮

就像一朵雪,落在一群雪上

一朵支撑另一朵

厚厚的白,覆盖荒芜

早 起

朱燕

天还黑着
一个早于世界醒来的人
在书本里指认
静谧的树木、河流
道路
停止的车辆

黎明曙光升起时
所有事物
都物归原主

舒文治

长在骨头里的谷木

一种特技

落入桃花源女人手心

以光为线,以影为布

将梦一针一线地绣入绣框

梦随流水

仿佛有光

五柳先生睡得真够久

桃花开过已千季

桃花源的女人

手指轻挑慢捻时

奇兽眨巴亮眼

花朵浮出浓香

神话结熟果实

传说唤醒八蛮

每片云都想长驻人间

她们也绣了你,五柳先生

你像走错了时辰,一个梦游的老头

你该怎样书写醒后所见

造化了,新神绣

梦真了,桃花源

小　路

王峰

清明
我回了一趟乡下

暇余
我又和村北那条
小路
静静待了一会儿

我不知道
地下沉睡的祖父
会不会相信

时隔三十年
我还一遍一遍回忆

他扛着锹巴
从小路的尽头走来

吴颖丽

羽毛一样的云彩

不到高原深处的呼伦贝尔
你是看不到我故乡的云彩的
那些凝固的羽毛一样的云彩
总能以静得有些神秘的姿态
向为她呈现出江河逶迤的广袤之地
交出永恒的洁白

而在那江河与云彩之间
一些叫得出名字
或叫不出名字的鸟儿
沐浴在天地之光的爱抚里
不谙尘嚣
并献出多情的鸣叫
她们身无挂碍
像极了羽毛一样的云彩

江左融

关于一群鸟儿

我不说昨日午后的一只粉蝶

与斜横在墙头的几朵蔷薇

暗通款曲

亦不说今天的暮光下

远山将何以衔住

那轮落日

只说有群鸟儿

它们在夕照下

如何优雅地剪辑自己：

渐渐收拢的翅膀

它们如何轻轻

掷下最后几粒鸟鸣

伴随着几滴雨意

一起悄悄坠落

一起跌进

这个铺满忧伤的尘世

第六辑
异质写作

梁平

石头记

裸露是很美好的词

不能亵渎。只有心不藏污

才能至死不渝地坦荡

我喜欢石头,包括它的裂缝

那些不流血的伤口

石头无论在陆地还是海洋

无论被抬举还是被抛弃

都在用身体抵抗强加给它的表情

即使伤痕累累

我的前世就是一块石头

让我今生还债。风雨、雷电

不过是舒筋活血

我不用面具,不会变脸

所有身外之物生无可恋

应该是已经习惯了被踩踏

明明白白的垫底

如果这样都有人被绊了脚

那得检查自己的来路

我一直在原地,赤裸裸

胡弦

垂钓研究

1

如果在秋风中坐得太久，
人就会变成一件物品。

——我们把古老的传说献给了
那些只有背影的人。

2

危崖无言，
酒坛像个书童，
一根细细的线垂入
水中的月亮。

天上剩下的那一枚，有些孤单，
……一颗微弱的万古心。

3

据说，一个泡泡吐到水面时，
朝代也随之破裂了。

而江河总是慢半拍，流淌在
拖后到来的时间中，一路
向两岸打听一滴水的下落。

   4

一尾鱼在香案上笃笃响。
——这才是关键：万事过后，
方能对狂欢了然于胸。

而垂钓本身安静如斯：像沉浸于
某种
把一切都已压上去的游戏。

   5

所有轰轰烈烈的时代，
都不曾改变河谷的气候。

在一个重新复原的世界中，只有
钓者知道：那被钓过的平静水面，
早已沦为废墟。

路云

咸嘉湖志

一个穿着婚纱的白色女子眨眼间
把不同男人的目光拼成一面
完整的镜子。他们中的每一位都把她背后的
咸嘉湖当成一块碎片嵌入
各自独处的时间。某日，其中一人，
绕湖一圈后突然长出一对硕大
耳垂。朋友们脸上的笑容
像微风从湖面经过，仿佛都够自成一章。
如今取代檀木书签的
是一枚银杏叶，
再次翻到这儿，湖水已变得金黄。

胡亮

无 休

四天算不算是阔别呢?今天我徒步上班,

发现银杏加速变黄,而水杉

开始变红。是谁调配着红黄两种颜料,

就是谁让小诗冒出了白发。

我驻足于涪江之畔,在永恒中小憩了

两分钟,然后就匆匆赶赴一个会议室。

明迪

寄居海边

我们坐在二楼窗口,看海水退去

空气是咸的,风也是咸的

慢慢有了行人,打开门锁

带着小孩,猫,狗,回家

远处,海滩上有鱼

没有来得及随海水一起游走

它们张大嘴,拼命呼吸

身体向前蠕动——

它们是否会突然爬行

然后直立,像三亿年前那样?

我们有点紧张,几乎要见证奇迹

摸摸手,还在,摸摸脚,还在

深呼吸,肺还在

只是胃已经空了,我说做饭吧

我们正准备点火,你从窗口把头探进来

"终于找到你们了!"你说

我一惊,你从哪里回来?

你说你去医院,突然遇到海啸

东游西荡了一年

你从窗口滑进来,四肢已变成鱼鳍

刘洁岷

佘山游境图轴

阴影堆积而成的黄昏

瓢泼大雨中阴郁、黏滞的灯笼

天宇中的星象在猛兽胃里翻江倒海

茅屋破秋风,一个粘上了酒渍的杯盏

数块荒石的坡脚上有数株老树交错而立

悲伤的泪滴和欢喜的泪滴同时掉下来了

与自己交谈的他,说的都不过是老生常谈

黢黑的画栋,山尖上的塔,勾勒的峰峦山石

皴擦的运用灵巧,线条流走得轻快

但皆沉入弥漫开来的一片夜色中

隔壁房间再没有母亲的窸窸窣窣声

墙头蜡烛嘶嘶燃烧出过去的时间:

着火的宅第,骂声如沸,余烬如霜烟

松江董氏 72 岁他落笔于《佘山游境图轴》

当其时,烧饼的叫卖声穿过厚重的雨势

余丛

问 候

在人间仙湖
我来问候山水
林荫和蹊径

我为宿命而来
 在山水之间
我来问候草木
云雾和风雨
我心合一

梧桐山的绿
雾光照着植被
前世和来生
我问候明月

撤 回

李寂荡

前几日我接触了太多的人

因此近日我将少接触人

前几日我说了太多的话

因此近几日我将少说话

前几日我笑得太多

因此近几日我将少笑

前几日我喝酒太多

因此近几日我将滴酒不沾

属于我的本来不多

多了的就得减少

黑丰

失眠的闪电

失眠的黑咖啡
从下午泛滥

失眠的夜
不加糖
加进你内部的闪电

你是一道失眠的闪电
电流穿透你的一生
穿透你的精致
穿透你的苦涩而低飞的泪水

这个下午泛滥
不叙事

啊,亲爱的
我只有草根般的闪电
我的下午从一杯黑咖啡开始
从一道闪电开始

黄亚洲

思考的苦痛

我发现大象总是默默站立,后来知道

它是在苦苦思考新的斗争方式

它很想向人类夺回自己的牙齿,但又拿不出

别的武器

王自亮

早 春

> 今天使我最感兴趣的是人的内心；我要以我的痛苦或希望来表达人的永恒内心的渴望或苦楚。
>
> ——（西班牙）达马索·阿隆索

在季节接合部，时间的榫卯嵌合处，
一片叶子，一株最卑微的野草，
竟然会探头张望，肢体翻转。
冬天弥留时春天尚未诞生，
一种困难：历史的沼泽期。
爱情的转机意味着多种可能，
战役间隙的宁静，让人揪心。

慌乱是没有用的。在远处
群山声色不动地绘上一笔浅绿，
一幅画，成为一次惊艳的魔术。
河流也发出某种神秘的声响，
好像一百只小兽在水下拱起
日子的薄冰。寒冷的记忆
将成为谈资，可春天在哪里呢？

墙壁上，正午的汗珠顺着缝隙
不声不响地流淌。一张富有特征的脸，

在玻璃上闪耀；骑射者被绊倒，
而一个更为孔武有力的季节，
就是一个更好的骑手，汗血宝马
冲决寒冷的封锁线。我们看到的
总是时间的背影，实在难以描述。

一个事件发生之后，我们才想起
它是有先兆的，决绝的面孔
飞快地在玻璃窗上一闪而过。
所有的灾祸都会有补偿：
风，留下一丝温情，不易觉察的抚慰。

早春正是这样一个故事——
骑手、汗水与卑微的草，思远山。
一小块空地上晾着的白色床单，
动人的脸，道路上泥浆里泛起的
好日子、重拾之爱与勇气。

我 们

桑眉

活着,去梦中觅寻

死去,到轮回中等候

活着或死去

我们长久地流浪

各自撑一柄飘蓬

(随时准备献出露珠,与清芬)

等候恋旧的蜻蜓

莫笑愚

最后的秋天

每一个秋天都是最后的秋天

每一片落叶都是最后的落叶

夏天是成熟的美人,在秋天掉光了头发

被秋风吹走的哀歌又被冬雪收藏

成为铁打的沉默,守住一生的秘密

陆岸

还乡路上

进山林，只见荒芜，何来猛虎？
入庙堂，再多香客，放生也不见慈悲
一路上，我爱的流水那么欢畅

我也往东来，越来越靠近了
那熟悉的属于窗外的梦境
风从熙攘的大街上打探消息

而我只是一个路人
我忽然在道旁流泪
我看见了这些庞大的灰尘

李美贞

虞姬墓

虞姬庙中

有座项羽抱着

虞姬的石雕

虞姬柳眉杏眼

项羽器宇不凡

墓园东侧

一米多高的土丘

被石垣包围

墓前刻有

"西楚虞姬之墓"

林荫下

孩子们围着老师

听他讲

霸王虞姬的故事

那是我第一次

听到他们的传奇

那时我还不懂

什么是爱情

孙冬

乡　愁

和故土的物理隔离

实现了三次跳跃

饮食审美性别

第四次，回归物理的

故土，才敢为

乡愁

张战

孩 子

我不能对着孩子哭泣
我不能对着母亲哭泣
妈妈我看你今天脸有点肿
孩子在我脸上摁了又摁
妈妈你昨晚又没睡好吧
我连连点头
妈妈你的眼里有红血丝
是这样啊我松了一口气

孩子七岁时有一次和我告别
我左手正拉车门
我俩头顶都有一团毛茸茸的大月亮
他有他的大月亮，我有我的大月亮
但我不知他的月亮是不是毛茸茸的
妈妈我真害怕你融化
孩子突然抱住我的右胳膊
妈妈你不要像豆腐脑那样融化

我使出全身气力哈哈笑
笨东西豆腐脑又不是冰怎么会融化
我的车在月亮下开了好久
笨东西豆腐脑只会碎了又碎

我一遍遍小声说

声音小到只有我自己听得见

育邦

院 子

荒芜的院子里
某种秩序得到继续发展
青葙、榔榆与红花石蒜的形态
被建立起来
在漫长的葬礼上
我们尊重羞怯
——垂下眼帘

稻谷在细雨中颤动
我们蹲坐在门槛上
说起又一个秋天
哦,我们仅属于矿石
在空山里,在暮色中
分泌出黑色的笑声
没有任何秘密
俯身于尘埃

从容

第五十二天

您爱过谁吗?

"谁都没爱过。"

这是我姥姥

在九十四岁时的回答

一个女人面临死亡

还执着于情爱

那是小说家编的故事

史伶桥

无异于荒凉的天空

风的飘逝

雨的滴落

我……

无异于荒凉的天空

我再也不可占据

无异于荒凉的天空

……

李双鱼

萱草花开时

忘忧之说

可能不过是一种附会

比之母亲

我认为还算妥帖

某年春日

母亲在厨房之外贴墙处

置一口破损的水缸

填满了黑泥

种下一株萱草

任由日月照耀

渐渐长成一尺多高

花开之时

正值我远游归来

母亲摘取黄花数朵

与鸡蛋煮汤

我埋头慢食

不敢抬头对望

生怕眼泪夺眶

陈群洲

三亚湾的海

在蓝色海湾公寓里,一有空,我就坐在阳台上

看马路那边的海,看到发呆

我没有觉得自己不正常

我觉得海不太正常。我是说我所看到的海

大吼着涌向岸边。整整三天

它喘着粗气,吐着白沫,没有爬上来一公分

失败了,退回去。退回去,再往上爬

一刻,也不曾放弃

宾歌

拥 抱

童年过后,母亲再没有抱过我
每次回乡探望,作别时
隔着一道门槛,一扇车窗
我们也只是挥一挥手
似乎不好意思给彼此一个拥抱
直到这一次,送她去医院
我抱着她上病床,那么轻
像抱着襁褓中的婴儿

严彬

我出生在一株柿子树下,在五棵枇杷树和一丛竹林之间

我出生在太阳升起之前,
在露水初来、白昼渐短的八月末,
妈妈抓着木床上桃红色的被子,
将我生在一株巨大的柿子树下,
在五棵枇杷树和一丛竹林之间;
接生婆、奶奶和我的姑姑守着流汗流血的
瘦小的妈妈,爸爸在旁边喜极而泣,
爷爷在门外抽烟。

太阳升起来的时候我和妈妈躺在一起,
汗水已经消散,我的额头高高的
继承了妈妈绵软的头发,爸爸的鼻梁;
在我记忆的起点,一九八三年的春天,
阵风从树上吹落四月的最后一个干柿子,
新燕来了,我开始走路,说话,
记下妈妈缺乏乳汁的一年,
创造了弟弟。

五棵枇杷树一起在冬天开出白色小花,
春天结果,弟弟在床上爬,我在长大,
失准的闹钟又重新走动,
时间从新起点上开始:

爷爷摘树上的柿子和枇杷，

奶奶收拾河边的落叶和树枝做柴火，

妈妈将衣服洗白，

爸爸撒下渔网。

他们看着我和弟弟长大，长大……

吴小虫

山间来信

1756年后的卢梭,神情并未放松

他迁居乡间抄写乐谱

这是个乏味的工作,他的脚

终于跟上灵魂的羽翅

有一天早晨,他起床

对着镜子赞美自己,一点都不夸张

他在长满庄稼的小道来回走

不和那些远在天边的云彩对话

一个外国人,居然也讨厌肉体

在舍佛莱特集市买下一堆苹果

分给那几个玩耍的男孩子

哦,浪漫主义的彩泡,升上天空

穷困潦倒是应该的,死前被马车撞翻

——是必然的。

马启代

今日雨水

雪啊,从此你要化骨为水
我到哪里寻找洁白?

雨啊,从此你要漫天飘洒
我从谁的脸上分辨眼泪?

伸向窗外的手,抓不住黑
也握不住白。就这样空空地举着

李茶

一把刀

每次买来一只鸡
我都要用刀把鸡架里
最嫩的部分剔出来
备用

每次我把剔好的鸡肉
切成均匀的肉丝,那肉看起来那么漂亮
"幸福"我想。我爱这把刀

谢湘南

致宝塔

我的身体如果不是一块碳
也应该是一个
不轻易开口的贝壳

我躺在洁白的床单上
医生告诉我
我的肾里有石头
我的胆里
有石头
我的肝里
也有石头

我一点都不觉得突然
我心生愉悦,我想
这些住在我体内的小黑豆
总有一天会变得明亮

当一把火
把我的身体点燃
这些宝石
或许可以找到它们
恒久的家

陆健

路　过

从超市扶梯上来
见到那人，在擦落地窗

天空有污渍。他擦
湿痕依序排列，像简单的字
像一些笨拙的笔画

流云碰碰他袖口，移开了
他擦，时间的阴影。他擦
太阳昏黄，光斑摇着他的脸

他擦去自己的身形，臂膀
只剩一只手，持续搓动

他擦去了自己的手
只剩下大片的透明还在

安然

在秋天的橡树下

我失去什么,什么就是不朽

我忘记什么,什么就是永恒

当我失去灵魂里的轻盈

和一个又一个疲惫的、颤抖的你

当我忘记玫瑰的清晨,云雀的傍晚

一场临近黄昏的降雨,我

选择过你,在秋天的橡树下

在一阵虫鸣的罪过里

你的风声鹤唳

和瓦釜雷鸣

我们曾是一家人

何鸣

当我吞下一把药

当我吞下一把药
其中只有两片的二分之一是必要的
多余的全是安慰剂

安慰着缺钙失眠心跳过速
像某种逃避
像某种安静

像一句被删掉的格言

黑瞳

水龙头

水龙头打开了又关上

关上以后嘴唇干涸

水在地下的管道里走

我在一个人的走廊

长着淡黄尖喙的黑鸟扑棱

到窗口

初夏的绿色波涛来了

我关上窗户

隔着玻璃看

黑鸟飞走

初夏转瞬即逝

就像去年一样

王法

那个孩子

那个孩子静静地站在那里

他的面前是一棵如火焰般燃烧的枫树

一群灰鸽子从上空掠过

那个孩子歪着头向鸽群飞去的方向举起一只耳朵

那群鸽子消失在远处的天空里

天空的云是暗灰色的

那个孩子依然站在那里

他的脚下立着一只导盲犬

朱建业

梦见凡·高

与冬天的阳光一道
你从窗口淌了进来。右手拿画笔
左手拎一只装满油彩的耳朵
一言不发
用笔蘸着光线里的尘埃
为我作画。一张狮子的脸
浮现在虚空中。碎片似的
时光,缓慢地,构成了我。
笑容,在流逝的荒芜中
若隐若现

刘合军

一个男人

一只手夹着烟

给铁锈的夜烫个洞

让肺呼吸

另一只手端着一团漆黑的空酒杯

喝下浪的潮头和腥风

帆叶已经远去

星火在白沫中明灭又翻腾

他是个爱水的人

有人说女人是水做的

是他最爱的人

昨天的母亲丢下棉衣

推开沧海

又回到水里

杨厚均

悬 崖

胆大的一朵花

开在悬崖之上

以微弱之躯

化亘古之险

岩羊

在悬崖上肆意奔跑

这又有什么稀奇

你看我们

行走在地球边沿

谁又担心

会落入无边的宇宙呢

那时

你我并坐在巨流的岸边

就像开在瀑布一侧的花朵

乱发与思想

在轰鸣中

生长成野蛮的

花蕊

早布布

马　奇

马奇，总是在固定的时间出现在楼下

马奇，总是在固定的时间从楼下消失

马奇的背影像马奇

马奇，骑着他的摩托车送顺丰快递

马奇，也有妈妈

过年他没有休息，马奇给妈妈快递了

鲜花与一双鞋子

我想有一个这样的儿子

于是，我每次看见他

就大声喊：

吃饭了，马奇

张杰

写 诗

身体的速度影响精神的样貌。
同样一段路，骑车和步行过去
想到的词句完全不一样。
但有一样是确定的：
如果我不走过去，诗句就不会走向我。

好句子，都不是苦苦思索而来的。
当然我要准备好词语，语气，良心，
等待一个开始的命令。

灵感，越来越难请了。
以前它不请自到，我来不及下手接住。
现在，我需要坐下来，
喝口水，喘口气，打开文档，
想一两个词语
才能把它吸引来。
让它现形，摁在屏幕上。

卞云飞

豹子与鹤

跑步,在城市孤独如风

一年,两年,三年……终将自己跑成

一匹豹子

写诗,在书房不食人间烟火

一载,两载,三载……终把自己写成

一只鹤

从此,肉身为草原,豹在奔跑,鹤在飞

摇篮

风言

我是你乳房的忌日——

夏日开场的一声锣响

灵魂的敌手抬着开花的棺木

走上山冈,走下山冈

妈妈,温良的雨夜,我是一根生锈的针

掉落在华北平原上

——无底的动静

谁在背过身去大口吞咽黑暗

动词的静电中——听见星星的碎片

落入孩子的瞳孔

寒冷的冬晨,我是警醒的饥饿

闲置在空碗中的一小块黑影

父亲打不着火的摩托车——

"嘟克—嘟克"的噪声

谁将我出走的后背点着了火

沉钝的捣衣声,要把这些窒息的流水

捶平

——在悲悯的以手加额中

我是你再也吻不出甜味的唇,静默中四面

不知所措的承重的墙

妈妈，在墓畔

我是你巧克力味的遗弃和印刷体的道别

发黄的纸上

一匹瘸了腿的马儿——

在遥望故乡

朱涛

命运的刺客

命运,脱缰的野马,总想辟出一条生路,
开山凿水,直抵云天

顺从它的雄心

当我检阅刺客的足迹,一把心酸的珍珠泪

炫耀它,在雪白的岁月之颈展览
鄙视它,可以是锁链,看着自己的脚
欢喜地套上
并荒谬地携带随身的坟茔的口粮

当初,如果,用匕首,用剑
扼住它
两只眼睛未必撑开一线光明
而黑暗可能的昏厥一定不存在

陆地　　　七天或更长

至于剩下来的故事
你相信她都知道了
全都在迷雾的案卷里

鸟和星期六早上
在樱花小道的餐厅
一直待到星期天黄昏
你决定告诉每一个人
你为每一个人安排了一次
漫长的马拉松审美旅程
关于一生与自然
全在樱花小道
美得让心窝发痛
你模仿有着狭长海岸线的邻国人说
你每年都会失踪两次
每次大约五至七天
五至七天的茫茫人海
你参加一只鸟的成人礼仪式
之后你们一起飞回

文佳君

凌晨三点三分的重症监护室外

老婆,你说下雨了
把儿子的衣裤收入室内吧

老婆,你说太阳出来了
把儿子的玩具洗洗吧

老婆,你说乡下的鸡生蛋了
你那帮战友诗友可以过来拿土鸡蛋了

老婆,你还说
我们要一起等到儿子娶和你一样的老婆

老婆,我们皆是众生
在这闹哄哄的门里门外
我一声声地叫着你:老婆

张浴葵

清 洁

桶里有鱼

鱼的梦是大海的梦

鱼在桶里寄居

鱼委身于桶在先

桶若慷慨就还鱼的梦

桶若有志就变成海

海恩待鱼和桶

岸上人

面对大海裸露的鳞片

不该想象成陆地

羽菡

诗人你没有错

有人说"太阳系里所有行星等天体绕着地球转,那是一种引力"
是错的
诗人,你没有错

宇宙除了精神没有物质,爱因斯坦临死前说的
地球,我一生的乐章与休止符

没有了你便没有了我
精神不存,
哪来的太阳系,哪来的宇宙

暗恋我吧,就像我暗恋你
谁绕着谁转,重要吗

是爱,是引力,一切精神的东西
诗人,你没有错

黑骏马

我，和我的另一个名字

当我觉得自己越来越沉，有了杂质

以致出现倾斜，拖沓

发现户口本上的真实姓名

已经无法承受生命之重

我开始反思，选择，并付诸实施

给自己起了一个笔名：黑骏马

让他来替我干一些

我不能做的事儿，不能说的话

这样，我一下有了新的能量

迅速裂变成了两个我

我就可以用我的本名工作，上班

在银行开卡领工资，与人交往，谈情说爱

用我的另一个名字读书，写诗，四处流浪

也正是这样，若干年后

当我本名这台肉身机器，零件老化

无修复价值，不得已报废，之后

另一个我，仍以诗歌的形式

替我，在烟火人间，继续活着

赵之逵

一群乌鸦飞过头顶

风中明显还裹挟着冰霜
阳光下，花团锦簇的杜鹃
让行走在聂耳广场人工湖畔的人们
忘记了此刻，依然身处冬寒

沙滩上嬉戏的孩子，和一边悠然闲走
一边听着《苏三起解》的大爷大妈
是中午一点半的鸡汤

艳合欢夺目地开了，这种红遍全身的花
第一眼，就让人充满希望

我站在水边，看鱼儿来回穿梭
看风，把小草的身子拉弯，又放长

除了十二个小时的长夜，除了
天气骤变时漫天密布的云
我们差不多已经忽略，身边
还潜存着那么一小点点黑。直到

一群乌鸦飞过头顶，把水搅混
直到水波浮动，一湖明镜，尽碎

安谅

正午时分的回眸

怎么看,黄浦江上的渡轮都变小了

我的记忆就是庞然大物

是巨鸟,在两岸来回穿梭

编织梦想,飞越阳光和迷雾

犁出的每一朵浪花都是惊艳的

是我茁壮于江涛上的一棵心树

很长日子,我在岸上飞奔

竟然都遗忘了这个美好的事物

感谢这个普通的正午

我有足够的回眸

对昨天作一番寻思和修复

怎么想,渡轮都是一个摇篮

在晃荡起伏中,

把我从浑沌中带出

赵目珍

微妙的开始

继续,并不是延续以前

而是要重新发现一个来源

一个不属于自己的来源

我们的头脑应该清醒

即使在时间的选择上

会有一些模糊不清

而时间恰恰喜欢驱逐

将人驱逐到时间之外

表面上它使你成为永在

然而这只是无的一种

闪现。一切都已消失

你无法再活在苍凉之内

而我们要去发现的源头

并非如此。一个微妙的开始

即使放弃掉密织的罟

也可以发现时间之外的鱼

第七辑
后口语写作

沈浩波

画家塞尚

退出巴黎

这热闹的地方不属于他

他只配做个乡下人

艾克斯小镇令他心安理得

退出运动

印象派的圈子令他沮丧

他觉得自己什么也得不到

是个可怜的局外人

退出友谊

守护了他三十年的左拉

用同情嘲讽他的失败

塞尚选择沉默地分离

退出家庭

妻子令他烦躁

缩回妈妈和妹妹居住的房子

如同缩回子宫

把心智缩进几只苹果

缩进一块石头和一棵松树

让灵魂和一座山

融为一体

诗

伊沙

在一部越南电影中
读到越南诗人的诗
让我想起去年秋天
在江油读到的
泰国诗人的诗
都是现代前的
轻浅抒情

他们大概
祖祖辈辈
一直这么写
他们可以这么写
我们却不行
没有因为所以
不行就是不行

蝙蝠

侯马

忘了之前发生了什么
我曾经把一只蝙蝠
捧在手里
它身体并不发烧
甚至有点冷爽
它可以
随时离去
因为它
骨头太细了
翅膀太薄了
身体太软了
我不知捏哪
只好手心向上
轻轻这么捧着

徐江

雨

我想结束这场雨

我想结束

我的结束

雨不想结束

我的结束

雨结束它自己

为了结束我的妄想

但是我可以写出它

雨没办法

雨写不成一个字

总是这样

雨叹口气

走了

留下一道晚霞

严力

添煤

烟囱上
一缕被风拉弯的炊烟
使小屋好像在
大地上逆风行驶
它与我思辨人生的现象
很相似
而时代
还在往我脑门的炉灶里
添煤

杨黎

看见函数

我已经好久没有看见函数了
这两天却反复看见
我担心会有意外,就告诉我妈
但我妈还在睡。她睡了
这是一个假定 A,我们求 X
只是我求不来

刘川

走路记

犹豫着该不该

来看你

一边走路

一边抽烟

一盒烟抽完了

我也到了你门前

你问我

走来的路有多长

我无语

若你还是要问

我就坐下来

掏出一盒烟

闷头抽完

并把二十支香烟的

烟灰

接连到一起

给你看

南人

水落石出

人的前半生
水分日渐充盈
潮水一天天涨起来
落花倒影
过往的船只
搅动心灵

人的后半生
水分日渐消退
潮水一天天落下去
骨头，结石，真心话
鹅卵石一般
粒粒显现

柳 芽

商震

第一次想吃柳芽

觉得身体里需要些陌生的东西

柳芽落肚

苦涩的味道却是我熟悉的

突然有些悲怆

活在熟悉的世界里

对四季与黑白都已麻木

初春和深秋

不过是自己的两只手

强忍着把柳芽吃完

余下的盘子

是一堆雪

折射出我眼睛里冷冷的空白

西娃

呼和浩特最美窗口
——致侯马

我们刚醒来,你站在
你家客房外:"上楼来
要给你们,看几样东西"

一楼与二楼拐角处
你指着一面玻璃窗子——
"看呵,这是呼和浩特最美窗口"
一颗皱巴巴的榆树,有
所有冬季北方树木的干枯

我们不说话,随你上二楼
一间卧室:床,书桌,阳光
你指着朝西一面玻璃窗子
"看呵,这是呼和浩特最美窗口"
依然是几棵秃树。11月底的寒冷
硬阳光,令寂静院落,没入死寂
"看呵,那棵有红色果子的树
鸟儿们的粮库,鸟群
商量好了,冬季谁都不许吃
要吃,也要等明年春季"
你口吻那么肯定,我怀疑

你懂鸟语，或者是你

给鸟儿们下达了命令

你把我们领到东边窗口

"看呵，这是呼和浩特最美窗口"

依然是北方到处可见的秃树

冻僵的树们在寒冷里装死

阳光被冷硬树枝划得破破烂烂

"在北方，这三棵树很难见

每年春天，花满枝头

花儿在树上是美的，落在地上

也是美的……"

我们不作声，想客套两句

都不知选哪个词，而你一脸深情

另一间卧室，你指着朝北窗口

几棵没有年龄没有姓名的树

呆头呆脑站在零下14度的清晨里

一堵古老断墙上的黑印记，东一块

西一块，活像时光的老年斑

"这堵城墙，建于明朝万历九年

树呢，是嫁接苹果树……"

还没等你说完，我们哈哈大笑

如果这座房子里有一百面窗子

你也会指着每一扇,说

"看呵,这是呼和浩特最美窗口"

吴雨伦

水 杯

临走前

把我的黑色保温杯

落在了车里

半年来

它静静地躺在

杂乱的

车座下

听着车窗外

沉闷的

雨声

和太阳

它的肚子装满了

日渐腐败的红茶

它毫无怨言

悄悄等待

车门声的响起

维马丁

老 鼠（第一、第八十一章）

猫可猫，非常猫

鸣可鸣，非常鸣

无鸣，地下之始

有鸣，万鼠之母

故常无毒，以观其妙

常有毒，以观其暴

此两者，同出而异名

同谓之险

险之又险，众鼠之门

食物不美，美物不食

善鼠不变，变鼠不善

吃者不薄，薄者不吃

剩鼠不积，既以为鼠己愈有

既以与鼠己愈多

天之猫，害而有利

剩鼠之猫，为而不争

赵思运

在岛上写诗
——致海岸线诗群

在岛上写诗

写白雪变黑的过程

写钉子生锈时的尖叫

诗歌的岛民

命运的人质

合唱如繁星璀璨

风中传来破茧的声音

大海是一座永不枯竭的

汉语容器

每写下一首诗

就是一次大海呼吸的重启

整个东亚大陆为之荡漾

中岛

被冬天叫醒的人

几张纸和几粒白色的药片
停在我生命的路途上

阳光把电话线伸给所有的人
那是一种亲人的温暖手臂
那是我大半生的年轮

或者,我的脚印与这积雪问候
或者,回忆的瓷白承载了我的气息
纪念的玻璃花
正在为孩子盛开

时间吐出了全身的疼痛
唯有爱的惦记
在寒冷中张望
那是我出生的时刻

冬天,你会想起我
从孩提时代
就和你一直玩耍的"二孩"
这是我的乳名
在冬天里被叫醒

喻言

夏夜,躺在童年的山坡上

星星是天上的萤火虫
萤火虫是地上的星星
我这样说的时候
虫鸣安静下来
天空吐出月亮的舌头

图雅

终夜聆听

钟声是一条鱼

从我的右耳进

雨声是另一条鱼

从我的左耳进

风是水草

在我的周围飘摇

两条鱼按照各自的节奏

不停地穿过我

钟声非常均匀

给我信任

雨声忽大忽小

跟我倾诉

风若有若无

懂得分寸

作为海的一块礁石

我以拥有它们的陪伴而感到

欣慰

即使被一艘船

不幸撞上

晚 炊

君儿

黄昏降临
青菜泡在盆里
厨房安静
下到尘世的光安静
长途跋涉的智者安静
他告诉我
饮过这杯茶
就该开始晚炊了

庞琼珍

白 羊

晨曦的青草堤上

出现三只白羊

转动着可爱的头

恍惚中我好像看见

转动的大草原

我正惊诧着眼前的美景

走近了才看清

是两个女孩

牵着三只雪白的狗

草原瞬间消失

雪

苇欢

北方下雪了

南方依旧很热

母亲发来

老房子门前

雪落的视频

我打开冰箱

看那些雪花

慢慢落进去

再迅速凝结

变成一小碗

晶莹的猪油

还是母亲夏天走的时候

炼好的

假 如

海菁（10岁）

假如我是一支铅笔
我要到小岛上，当一会儿人类的木柴

铁头（14岁）

走 路

妹妹学会了走路

像个企鹅

扑哧扑哧地走

而我像个观察者

在一旁悄悄观察企鹅

记录她扑哧扑哧的每一步

高晨洋（8岁）

石 头

妈妈脖子上的石头，可能是宝石
身体里的石头，可能是结石
博物馆里的石头，可能是化石
宇宙里的石头，可能是陨石

姜二嫚（13岁）

爷爷是个神秘的人

早上
在从没见过面的
爷爷坟前
烧了一本
我和姐姐的诗集
当天晚上
在梦里
有个人跟我说
很好看
很好看

姜馨贺

血　缘

回到老家

才发现

许多有血缘关系的亲人

反而都说不到一起

看来思想

也是一种血缘

邢昊

走在日本白川乡老街

忽然想起日本俳圣
松尾芭蕉的几行诗

春去也
鸟啼,鱼的眼里
浮着泪花

一 生

刘傲夫

每当想起父亲

就会想起他

在我童年

某个初夏的夜晚

带领我去

蛙鸣四野的

水田里叉泥鳅

那晚我本以为

会收获满满

但结果是

一条泥鳅

也没叉到

但我并没抱怨

那晚

地球上的泥鳅

都不见了

湘莲子

忏 悔

无数次
我见过池塘里成群结队的水鸭
在暴雨中
风雪中
逃窜
从未想过
给它们撑一把雨伞
为什么
当看见维也纳大雪的湖面上
几只游动的白天鹅
遏制不住
想脱下身上的羽绒服
还给它们

江湖海

补　药

我紧赶慢赶

赶到父亲的身边

父亲问

你给我买的补药带回来没有

我说带了

父亲笑着说那明天开吃

这话刚说完

父亲竟然微笑着走了

补药是什么样子

父亲都没能够看上一眼

我原封不动

把补药带回了广东

天天冲水喝

仿佛在替父亲续命

吕本怀

疯狂的石头

电锯与挖土机,驱赶着朴实的
石头,它们本在地底
悬崖峭壁,唯飞才可以抵达
却,没有谁给它们以翅膀
飞不起来的石头,飞了起来
除了绝望坠毁,还能怎样
剧烈碰撞中,极个别成为鹰
成为鹰,是所有石头的榜样

走召　　闲　步

　　大雨灌注，山里的溪水猛涨，水流得更加湍急了。
　　中午在碎石径上散步
　　枝叶间偶有积压的雨水滴落在脖子上，凉凉的。
　　其实这时候我仍然在城里；
　　我没有去山里，只是用文字
　　把山往我身边挪了挪。

柳慕言

美　好

美好只给干净的
除非遭遇不测
美好配美好
白云才能配彩虹
乌云永远也不会和她相遇

王小柠

告别仪式

从冰箱里找到一袋杏子
搁置太久
已不能食用

为此,我感到抱歉
特意找了个盒子
把它们整齐地码放在一起
给它们取名
"梅子"

伤 痕

桂杰

三个月的老毛毛
用指甲
在自己的脑门抓出一道
伤痕
月牙形的
顶着伤的老毛毛
看着像一个很凶的老毛毛
我有点怕她

姜普元　　**在厨房**

我在做饭

对面阳台的小男孩

一直在喊我

叔叔你几岁了

叔叔你在干什么

叔叔你有哥哥吗

叔叔你有姐姐吗

叔叔你有妹妹吗

叔叔你为什么现在才做饭呢

叔叔我可以和你做朋友吗

当我炒完菜

回到餐厅开始吃饭时

听见小男孩的妈妈回来了

听见大声的呵斥

接着听见我朋友的哭泣

冯桢炯

麻　雀

在某条冷清的路上

或某个角落里

它们在啄食

在寻找粮食填饱肚子

生存在这个世间

忧愁、慌张、小心戒备

它们的日子时高时低

飞翔时

高过人群

落地时

低过尘埃

它们的声音尖细

淡泊与宁静

它们爱怜、怕事、胆小

像我老实巴交的父母亲

冰峰

从前的一棵草

我曾经暗恋的一棵草

已经与更多的草

连成了一片草原

漂泊多年的我

总是忘记不了那棵弱小的草

柔软,温情,羞涩

可是,草已经变成草原

无数的草

在我的情感中生长

我并不想要一片草原

我只想躺在一棵草的身边

悄声地,婉约地

说出我的从前

情　诗

马金山

妻
在单位
受委屈了
回到家
像往常一样
煮我爱吃的面
炒我爱吃的
番茄炒蛋臊子
辅导女儿学习
在朋友圈
发她兼职代理的
传奇今生
一丝都没有
让我察觉到
她所经受的
波澜与
起伏

黎雪梅

阿婆的花生

阿婆总是

坐在天井里

剥去花生浅褐色的壳

再将一颗颗

红色的花生仁

盛在她亲手编织的

月亮一样

又大又圆的竹笸箩里

准备过年吃

哪知一个多月不在家

那些漂亮的花生成了

鸟儿和松鼠

过冬的粮食

婆婆也不以为意

说剩的那一些

可以榨油

油渣喂小鸡娃

滤出的花生酱

给我做红糖包子

之后，满屋里

弥漫的都是浓浓的

油香

晓角

土豆告诉土豆

尽量不要在白天出门

阳光下久站

脑后会发青

也尽量不要在温暖的地方住

发芽的欲望

必须压制

还有，日夜听见机器轰鸣不要失眠

不要惊慌

议论

我们身体里都含有淀粉

这是没有办法的事

最后不要老是想各种事情

那样，会变涩